Арман Исагалиев

Нурлан Аккошкаров

永恒的 山莓地

Raspberry Fields Forever

[哈]
罗光明
[哈]
阿尔曼·伊萨嘎利耶夫

——— 著

新 星 出 版 社　NEW STAR PRESS

—— Светлой памяти Улана Набиева посвящается

——为纪念乌兰·纳比耶夫

Арман Исагалиев

（阿尔曼·伊萨嘎利耶夫）

Нурлан Аккошкаров

（罗光明）

Об авторах:

Арман Исагалиев и Нурлан Аккошкаров сокурсники, в 1994 году оба окончили Казахский Национальный университет им. Аль-Фараби, Факультет востоковедения. В студенческие годы создали рок-группу «Думан», которая одна из первых исполняла песни собственного сочинения на казахском языке в городе Алматы (в то время столица Казахстана). После окончания университета оба стали дипломатами. А. Исагалиев является Послом Казахстана в Египте, Н. Аккошкаров – заместителем Генерального секретаря ШОС.

作者简介：

阿尔曼·伊萨嘎利耶夫和罗光明（努尔兰·阿科什卡罗夫）是大学同学，1994年毕业于哈萨克斯坦国立大学东方系。在学生时代，他们成立了"DUMAN"摇滚乐队，是最早在阿拉木图市（哈萨克斯坦独立后的首个首都）用哈萨克语创作歌曲并演唱的乐队之一。大学毕业后，二人都成了外交官。阿尔曼·伊萨嘎利耶夫先后任哈萨克斯坦驻埃及、卡塔尔大使，罗光明（阿科什卡罗夫·努尔兰）先后任上海合作组织副秘书长、哈萨克斯坦驻华公使。

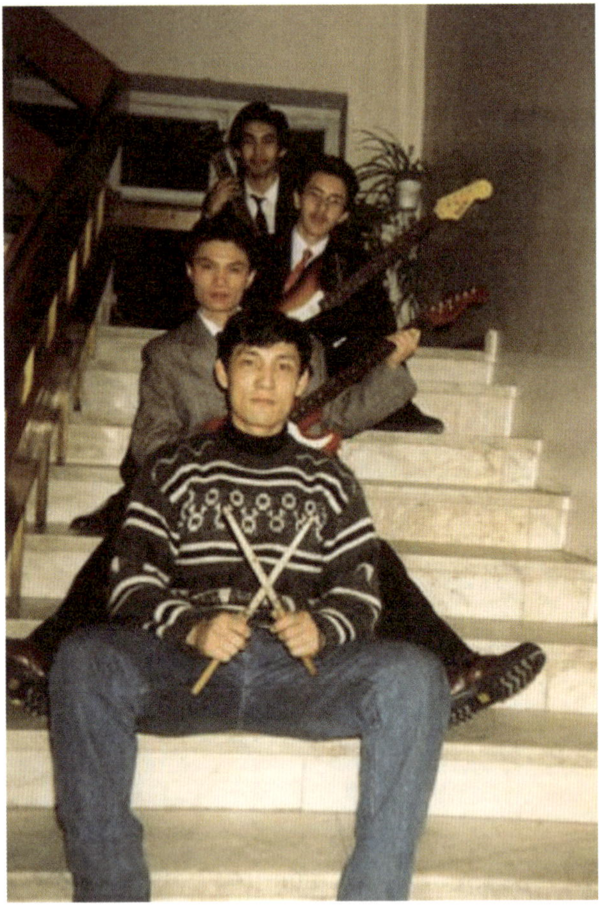

Снизу вверх（由下往上）：

Мадияр Мусульманов（马迪亚尔·穆苏利麻诺夫）

Арман Исагалиев（阿尔曼·伊萨嘎利耶夫）

Нурлан Аккошкаров（罗光明）

Улан Набиев（乌兰·纳比耶夫）

Группа "Думан" была создана в 1989 году студентами факультета востоковедения КазГУ. В её состав входили Нурлан Аккошкаров, Улан Набиев, Арман Исагалиев и Мадияр Мусульманов. После окончания учебы в 1994 году участники группы разъехались по разным странам и группа прекратила свое существование. Какое-то время ребята собирались, чтобы вспомнить старое доброе время и устроить сейшн. Группа была участником легендарного клуба "Жан и его друзья", основанного не менее легендарным Жонгаром Кастеевым. Участники группы черпали вдохновение в творчестве групп "The Beatles" и "Дос-Мукасан".

В 2003 году в Астане в автомобильной катастрофе трагически погиб Улан Набиев.

Думан:

Улан Набиев-соло-гитара

Мадияр Мусульманов-барабаны

Арман Исагалиев-ритм-гитара

Нурлан Аккошкаров-бас-гитара

DUMAN乐队由哈萨克斯坦国立大学东方系的大学生创建于1989年。乐队成员有Нурлан Аккошкаров（罗光明），Арман Исагалиев（阿尔曼·伊萨哈利耶夫），Улан Набиев（乌兰·纳比耶夫），Мадияр Мусульманов（马迪亚尔·穆苏利麻诺夫）。该乐队从The Beatles和Dos Mukasan乐队（被称为哈萨克斯坦的披头士乐队）的作品中汲取灵感。

1994年大学毕业后，乐队成员分散到不同的国家，但一有时间他们就寻机相聚，回忆美好的青春时光。

2003年，乐队成员之一乌兰·纳比耶夫在阿斯塔纳发生车祸不幸去世。

DUMAN乐队：

乌兰·纳比耶夫——solo guitar 吉他

马迪亚尔·穆苏利麻诺夫—— drum 鼓

阿尔曼·伊萨嘎利耶夫—— rhythm guitar 节奏吉他

罗光明—— bass guitar 低音吉他

Содержание

Предисловие / i

Авторам / vii

январь	Б Ы / 1
февраль	ХРУСТАЛЬНЫЙ ШАР / 10
март	ЁЖИК / 20
апрель	ФАРУХ / 30
май	АСКАР / 48
июнь	РОКОВАЯ ЛАМПА АДЖИ БУТИ / 97
июль	RASPBERRY FIELDS FOREVER / 128
август	СОЛНЦЕ И ЛУНА / 162
сентябрь	СОВА / 174
октябрь	САЛЕМ / 201
ноябрь	ПОДЪЕЗД / 220
декабрь	СНЕГ / 254

目　录

致读者 / iv

致作者 / x

一　月　　假如 / 6

二　月　　水晶球 / 16

三　月　　小刺猬 / 26

四　月　　法鲁赫 / 40

五　月　　阿斯卡尔 / 75

六　月　　阿吉布提的致命灯 / 114

七　月　　永恒的山莓地 / 147

八　月　　太阳和月亮 / 169

九　月　　猫头鹰 / 189

十　月　　你好 / 212

十一月　　门 / 238

十二月　　雪 / 260

Предисловие

Наш дорогой Читатель!

Ты держишь в руках Книгу с 12 рассказами, которые были написаны двумя друзьями в период их бурной молодости в 1992 – 1995 (студенческие) годы. Это время, проведенное в стенах самого лучшего вуза страны, нашего Альма-матера Казахского Национального университета им. Аль-Фараби, было самым счастливым и беззаботным. Часть рассказов появилась на свет, когда авторы находились за пределами Казахстана (во время языковых стажировок в Китае и Марокко), но львиная их доля была создана в прекрасном городе Алматы, где мы родились и получили путевку в жизнь. Этот город с неповторимым духом и любовью к жизни вдохновил нас, простых парней "из рабочего квартала", к написанию этих незамысловатых историй. Они пропитаны романтикой и фантазией молодых людей, пытавшихся найти смысл жизни. Часть из них - правда, а часть – вымысел, продиктованные музой в разные месяцы и годы. По стечению необъяснимых обстоятельств, эти 12 рассказов были написаны в разные месяцы и охватили целый год, как бы завершая полный цикл. К тому же описанные в них события происходят в четырех временах года, что также очень символично.

Как ты уже заметил, мой дорогой Читатель, рассказы наши буквально пропитаны любовью к музыке легендарной ливерпульской четверки "The Beatles", фразы из песен которой можно встретить чуть ли ни в каждом рассказе.

В то время под влиянием "битлов" мы всерьез увлеклись музыкой, создав свою собственную группу «Думан». Это название - аббревиатура из первых букв имен участников группы - друзья Улан, Мадияр, Арман и Нурлан. В ноябре 2002 года в городе Астана вследствие нелепой автокатастрофы одного из членов группы не стало. Авторы посвящают эту Книгу светлой памяти нашего сокурсника и друга Улана Набиева, оставившего после себя прекрасные стихи и песни.

Так получилось, что наши рассказы увидели свет Двадцать лет спустя, но видимо всему своё время.

Мы выражаем большую благодарность нашим близким друзьям Габиту Койшибаеву за постоянную помощь и замечательную корректорскую работу, Арману Баймуратову за превосходную графику к некоторым рассказам, передавшей весь смысл произведений, Шахрату Нурышеву за неизменную поддержку нашего творчества, а также издательству New Star Press, за их интерес к этим историям и согласие не только издать, но и перевести их для наших китайских друзей.

Надеемся, что путешествие в мир фантазий авторов будет для Вас увлекательным и интересным.

С любовью, AN

Декабрь 2018 года

致读者

我们亲爱的读者！

现在你手中这本收录了 12 篇短篇小说的书，是我们于 1992 年至 1995 年这个动荡的年轻时代（大学时期）写下的。在国家最高学府、我们的母校哈萨克斯坦阿里·法拉比国立大学度过的那段岁月是人生中最幸福、最无忧无虑的时光。有一部分文章是我们在哈萨克斯坦境外时写的（在中国和摩洛哥进修时），但大部分都是在美丽的阿拉木图——我们出生和获得生活经验的地方所创作的。这个生机勃勃的城市拥有的独特魅力，给了两个刚工作的小伙子创作的灵感，写下这些简洁质朴的故事。故事里充满了想要探寻生活意义的年轻人的浪漫和幻想。其中有一部分是真实事件，还有一部分是幻想、是缪斯在不同时期的口述使我们写出来的故事。因种种难以解释的复杂状况，这 12 篇小说分别创作于一年中的 12 个月，恰如一个完整的系列，其中所讲述的事件分别发生在一年四季，这一点很具有象征意义。我亲爱的读者，你或许还注意到我们的小说充满了对利物浦传奇四人组乐团"披头士"音乐的喜爱，几乎在每篇小说中都可以看到他们歌曲中的词句。

那个时候受"披头士"的影响，我们成立了自己的乐队"杜曼"（«Думан»）。这个名字是由乐队成员名字的首字母组合而成——朋友（首字母 Д）、乌兰（首字母 У）、马迪亚尔（首字母 M）、阿尔曼（首字母 А）和努尔兰（首字母 Н）。2003 年 11 月，乐队成员之一乌兰·纳比耶夫在阿斯塔纳因一场惨烈车祸不幸离世。我们想借这本书纪念这位大学同窗兼好友，感谢他给我们留下的绝佳诗歌和歌曲。

就这样，我们的小说于 20 年后得以出版，但一切看来都恰逢其时。我们对亲朋好友表示真挚的感谢，感谢哈比特·柯依舍巴耶夫一直以来的帮助和出色的校对工作，感谢阿尔曼·拜穆拉托夫为小说创作的精美插图——它们传递了作品的全部思想，感谢沙赫拉特·努雷舍夫一直以来对我们创作的支持，还要感谢新星出版社，谢谢他们对这些故事的兴趣，感谢他们把作品推荐给中国的广大读者。

希望您可以在作者幻想的世界中进行一次奇妙有趣的旅行。

爱您们的，AN

2018 年 12 月

Авторам

Друзья!

Я в шоке от прочитанного!

Этот шок от того, что эти рассказы написаны во времена моей юности и очень точно передали всю фатальность и неизвестность будущего, которое неумолимо стояло за нашими дверьми - молодых людей поколения 90-х!

То время у меня всегда ассоциировалось с аэропортом, где ты сидишь с билетом непонятно куда, но другого выхода нет, и ты вынужден только и делать, что настраиваться на готовность к различным немыслимым будущим ситуациям.

И очень важно было в то время привести в порядок систему ценностей, которую мы получили от родительского воспитания, и первого опыта взрослой, студенческой жизни.

Именно тогда было некое фатальное ощущение неотвратимости больших перемен в обществе, в стране. Некое ощущение предчувствия цунами и неизвестности предстоящей судьбы. Заканчивая университет, молодые люди понимали, что обратного пути нет и выживать придется дальше уже самим, веря только в себя.

Именно тогда нужно было утвердиться в мужской дружбе, принципиальности, честности, а порой и жестокости.

Именно тогда мы были искренни в своей любви, за что над нами беспощадно смеялись. И это были самые важные уроки на верность нашим чувствам, которые многие из нас пронесли до настоящего времени.

Ваши рассказы напомнили мне мои те юношеские состояния, которые были схожи тогда с чувствами, которые испытывает солдат перед штыковой атакой, когда нужно выпрыгнуть из окопа и побежать вперед навстречу неизвестности.

… И, несмотря на те мои чувства смятения, я помню и ту какую-то необъяснимую веру в хорошее будущее, которое тогда заставляло меня идти вперед!

Спасибо вам, друзья, за неожиданный экскурс в те времена, когда История только-только начиналась!

Темирлан Тулегенов, поэт-песенник

致作者

朋友们!

读完这些小说我很惊讶!

你们在年轻时写下的这些小说,令我惊讶和赞叹!它们如此准确地表达了我们那代人对未来的迷茫和不确定感——对20世纪90年代的年轻人来说,命运的大门正在徐徐打开!

彼时情境常常会令我联想起在机场的场景:你手拿机票坐在那里,机票将带你飞抵何方,你不知道,但又必须出发,所以你别无选择,只有做好充分准备去应对未来难以想象的种种状况。

那时候还有一件重要的事——即,把我们从父母的教导中、成年后大学生活的最初经验中所获得的种种价值形成一个系统的价值体系。

正是在那时我们会有一种在社会和国家大变革

中无法逃避的宿命感，有如地震海啸般的预感和对前方命运的不确定感。大学毕业之后，年轻人已无法回到过去，接下来只能相信自己，必须靠自己战胜一切。

正是在那时我们要坚守诚实的原则，需要变得强硬起来，需要相信男人之间的友谊。

正是在那时我们对爱抱着赤诚之心，也因此可能受到别人无情的嘲笑。这些都是重要的人生经验，我们之中很多人直到现在仍然怀着那年代的真挚的感情。

这些小说让我想起自己年轻时候的状态，当时的自己就好像一个面临刺刀冲击战的士兵一样，不得不冲出战壕，迎着一切未知向前冲。

……尽管会有一些困惑，但我仍记得当时那种难以名状的对美好未来的信念，正是这份信念促使我不断向前！

朋友们，谢谢你们对那个时代伊始的时光进行奇妙回顾！

铁穆尔朗·图列革诺夫

（哈萨克斯坦知名音乐诗人）

январь

—

Б Ы

Дорогой мой Brother по гитаре и судьбе.
Я пишу тебе эти строки и думаю,
что ты поймешь почему я их пишу.
Все же помогу тебе немного в этом разобраться.
Я – не ангел, я – не черт.
Я – яйцо с привлекательной начинкой.
И когда-нибудь оно разобьется вдребезги,
и все содержимое выйдет наружу.
И хотя будет идти дождь,
и ты невольно вспомнишь строки «Rain»,
кругом будет светло и ярко.

Как легко было БЫ ни о чем не думать. Не думать о том, что ты допустил грамматическую ошибку, забыл поставить запятую или написал «А» вместо «О». Как легко было БЫ, если БЫ ты не думал о завтрашнем дне...

И когда-нибудь о тебе запишут газеты, а журналисты возьмут у тебя интервью. На тебя посыплется куча контрактов на миллионы долларов. Но парадокс в том, что тогда тебе не нужны будут черные лимузины, тебе будет тошно от ежедневных вечеринок. Ты будешь думать совсем о другом. Позволь мне спросить тебя, о чем?

Я пишу эти строки, потому что мне есть, что сказать тебе. Я знаю, ты мечтаешь о многом, тебя раздражает окружающая среда, как и меня. Ты ненавидишь Быт со всеми Его проблемами. Ты хочешь перемен во всем, и порой тебе бывает очень тяжело. А когда ты оглядываешься, никого кругом не оказывается. И ты остаешься со своими проблемами один на один, как тореадор и бык с красными и усталыми глазами.

Но наступит миг, когда ты ощутишь себя счастливым и богатым. В тот момент у тебя будет все. Твое сердце будет наслаждаться тишиной и покоем. Ты подойдешь к черте. Там за чертой, за серебряным садом будет стоять большой бронзовый дворец. Держу пари – ты перешагнешь через нее. Ты любишь риск и знаешь, что это благородное дело. Как жаль, что рядом не окажется официанта, который преподнес БЫ тебе шампанского. Но ты будешь думать ни о нем, а о том, что ждет и манит тебя впереди.

Ты думаешь, что я снова хочу соригинальничать. Нет. Я хочу совсем немного. Как БЫ я хотел плыть с тобой на корабле или ехать на поезде и ни о чем не думать. Не беспокоиться о даче,, не скучать в четырех стенах. Как БЫ я хотел отправиться с тобой в Magical Mistery Tour, но чтобы это был наш с тобой Tour, а не the Beatles. А потом БЫ нам это порядком надоело и мы БЫ купили билеты на обратный путь. Приехали БЫ к себе и стали БЫ рассказывать всем о том, что видели и не видели. А самое главное, мы БЫ обязательно что-нибудь сотворили... Что-нибудь стоящее и бессмертное, и, как всегда, подписались БЫ, подписались БЫ БЫ БЫ ...

AN

Январь 1994 года

Writing a Letter to My Friend

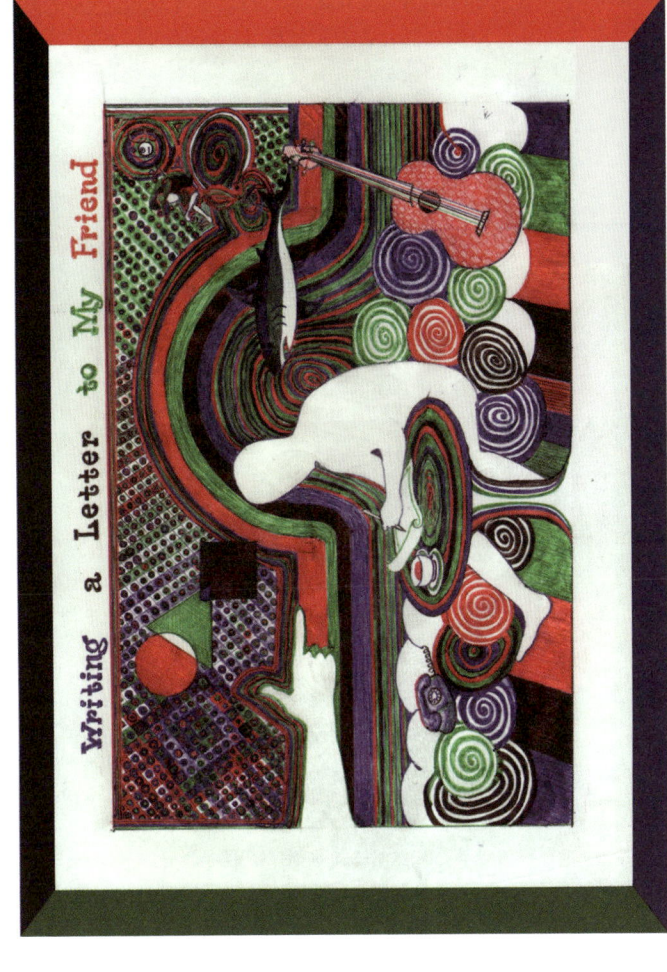

插画：罗光明

иллюстрация: Нурлан Аккошкаров

一月

假如（作者注）

我亲爱的吉他琴友，我的命运之友。
我为你写下这些话语，
你定然了解此中用意。
我不是天使，也不是魔鬼。
我是个馅料美味的夹心蛋，
总有一天蛋壳会被撞得粉碎，
里面的馅料也会流得满地皆是。
那时尽管阴雨绵绵让你伤怀，
但只要想起《rain》的歌词，
这世界，依然明亮而灿烂。（作者注）

倘若能够什么都不想，那该会有多轻松啊。不用去想话语间可能出现的语法错误，不怕忘记写逗号，也不担心把"O"写成了"A"。倘若能够不去想明天，那该多么轻松啊……

一本杂志计划刊登一篇关于你的文章，记者们也纷纷上门采访。之后价值百万美元的合同便会如雪花般袭来。但矛盾的是，此刻的你需要的不再是黑色的加长轿车，每天不间断的晚会和派对也会令你生厌。你渴望得到的，也和此前截然不同。请允许我向你发问：你想要的是什么？

我之所以写这些，是因为我有话想对你说。我知道，你想要的东西很多，周遭的环境刺激着你，对我来说也是如此。

你厌恶当下的日常生活及其带来的种种问题，你需要一场彻底的变革，但目前看来这对你难度不小。回过头来，你就会发现身边并没有人和你一起，唯独只有你自己和你那些问题在相互对峙，就如同斗牛士与双眼发红、疲倦不堪的公牛对峙一般。

然而总有那么一瞬，你会觉得自己幸福而富足。你会觉得自己拥有一切，内心充满安静与平和。你会一步步迈向一条分界线。跨过界线，越过银色花园，一座青铜宫殿就会出现在你眼前。我敢说你一定会跨过这样一条界线，因为你喜欢冒险，还认为冒险是件高尚的事儿。美中不足的是——如果身边有服务员递上香槟就好了。但你对此并不在意，你记挂的，是你仍然被召唤着不断向前。

你可能觉得我又想到什么稀奇古怪的主意了。不。我想要的并不多。我想和你一同乘船出海或者坐火车去旅行，心里什么都不去想。不用去惦记我那郊外的别墅，也不会因憋在家里而闷得发慌。多想和你来一场真正的 Magical Mystery Tour（意为奇幻之旅，同时也是 Beatles 的一首歌曲名，作者注），真真切切，而不只是听 Beatles 唱唱。如果我们厌倦了这场旅行，就买票返航。回去之后，就和大家畅谈一路上遇到的新鲜事儿和未见的东西。最重要的是，我们一定会写些什么……有价值的和不朽的，那时，我们将联合签名为——AN（编者注）。

1994 年 1 月

[作者注]：Бы 在俄语里是一个语气词，没有明确固定的词义，通常用在假定式中，此处翻译为"假如"。

[作者注]：我与朋友皆喜欢披头士，夹心蛋的说法取自披头士的歌《我是海象》里的一句歌词 I am the eggman（我是个蛋形人）。此处《rain》指披头士的歌。

[编者注]：AN 既是两位作者阿尔曼和努尔兰的首字母，也是阿科什卡罗夫·努尔兰姓名的首字母。

февраль

—

ХРУСТАЛЬНЫЙ ШАР

Нет пути к Счастью,

сам путь и есть Счастье!

永恒的山莓地

До настоящего времени я не верил в Счастье в полном смысле этого прекрасного слова, пока не узнал, что оно в человеке самом. И я даже не подозревал, что обладаю тем, что по праву может носить имя «Счастье». Именно теперь, когда я действительно обрел его, я с уверенностью могу сказать, что в любой момент способен осчастливить самого себя и стать самым счастливым человеком на свете.

Но хочу Вам сказать, что это далеко не просто! Счастье это находится на вершине бриллиантовой горы, на которую ты можешь забраться только, если у тебя есть алмазные когти. И когда ты карабкаешься по скользкому склону, то переполняешься по горло мучительным чувством, которое готово разорвать на части бренное тело твое. И ты не ощущаешь ничего, кроме горечи и страха за свой помутневший разум. Избив руки и ноги в кровь, ты забираешься на вершину этой горы. Муки грызут твое нутро подобно страшному червю. Каждая минута чувствует над тобою власть, а каждая секунда приносит тебе новые кошмары и усмехается над твоим ничтожным существом. И освобождение от этого сущего ада и есть вознаграждение за стойкость, это и есть то долгожданное Счастье, за которое ты так боролся…

Ты теряешь последнюю каплю своего терпения. Пульс стучит у тебя в висках, словно ритм барабана. Дрожащими от напряжения руками ты держишь хрустальный шар полный свободы и сгораешь от немыслимого желания ощутить это СЧАСТЬЕ всей своей плотью. И моли Бога, чтобы ты не уронил Его, не разбил оземь и не рассыпал у своих ног. Ты делаешь все возможное, чтобы уберечь Его. Но весь мир будто встал тебе наперекор. Секунды текут подобно быстрой горной реке, устремленной куда-то вниз, далеко-далеко в неизвестный для нас белоснежный мир, полный счастья и сладострастия…

О!!! И вот он этот миг свободы! Тебе кажется, что ни один человек во Вселенной не ощущает того, что чувствует твоя душа в это мгновение. Наполненное ледяной музыкой твое сознание на разноцветном облаке отправляется куда-то ввысь. Не чуя под собой ног, ты стоишь на золотой вершине, и весь мир кажется тебе ничтожным по сравнению с этим Счастьем. Но почему же оно так недолговечно?! Приходится так долго терпеть и ждать Его, а оно так быстро испаряется, лишь на мгновение обдав твое исстрадавшееся тело легким весенним ветерком. И теперь ты начинаешь завидовать тому, у кого это Счастье еще впереди…

Февраль 1993 года

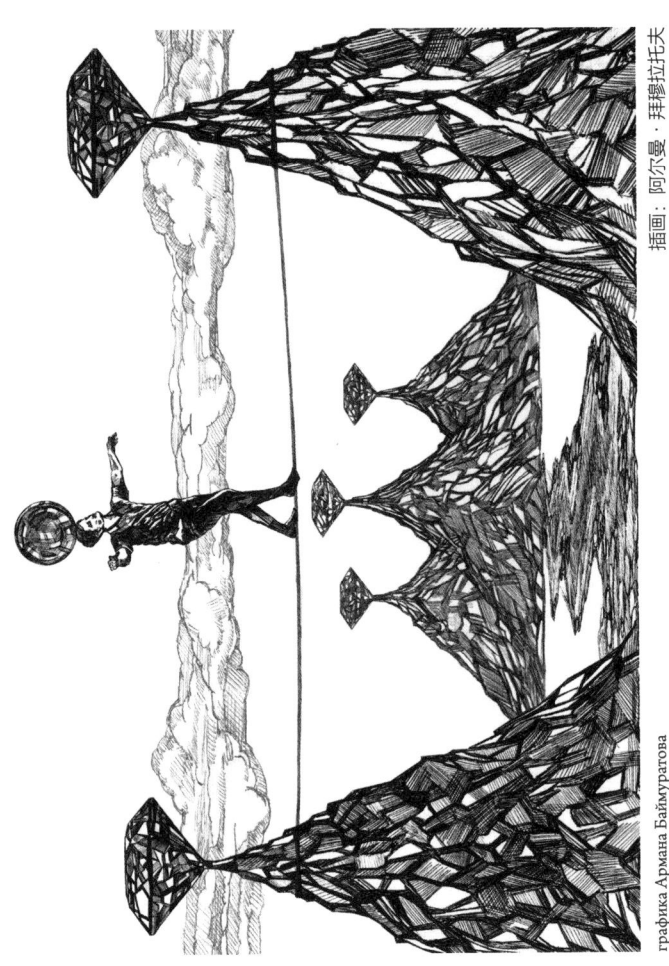

графика Армана Баймуратова

插画：阿尔曼·拜穆拉托夫

二月

一 水晶球

无路得福,
该路即福。

曾经，我一直觉得"幸福"这个词太过完美而无法相信，直到有一天，我才意识到，其实我们也是幸福的。如今我一点儿都不怀疑自己也拥有那种被人叫作幸福的东西。如今当我真正找到幸福的时候，我才敢肯定地说，任何时候，我们都能让自己感到幸福，让自己成为世界上最幸福的人。

不过，寻找幸福一点儿都不简单！幸福藏在钻石山的险峻峰顶，除非你有金刚石一样坚硬的利爪才能采撷到它。攀爬一段时间后，痛苦的感觉便会从你的喉头漫溢而出遍及全身。你知觉渐失，变得浑浑噩噩，只剩苦涩和恐惧。当最后登上顶峰，遍体鳞伤之时，你定会痛苦得犹如无数虫蚁啃食五脏一般。每时每刻你的力量都在不断积蓄，但每分每秒你的痛苦也在不断滋长，你渺小的身躯不断地被嘲笑。你终于从这活生生的地狱中解脱出来，这是对你坚持不懈的奖赏，也是你为之奋斗并期待已久的幸福之所在。

这一刻，你的耐心早已消磨殆尽，额间的血管如同鼓点般激烈跳动。那无比强烈的渴望让你感到煎熬，你用颤抖的双手小心地捧着水晶球，那里面装着的是叫作"自由"的宝藏。有人向上帝祈祷，祈祷你千万不要弄坏水晶球，千万不要让它从手中滑落，更不要把它摔碎。你也用尽了办法好好呵护它，就好像全世界都要和你争抢一样。时间像急流般飞逝，犹如从高山上奔腾而下，去往不为人知的极乐净土……

啊！这一瞬便是自由！也许你会觉得这世间没有人能理解此刻你心中的这番感受。冰冷的旋律充斥脑海，意识乘着七彩云飘往远方。你甚至感觉不到双脚的存在，有些飘飘然地站在光芒璀璨的峰顶，这一刻，整个世界和你的幸福相比都渺小得不值一提。可为何这样的幸福无法长久？！幸福的感觉让疲惫的身躯如沐春风,可你千辛万苦才得到的这一奖赏却转瞬即逝。现在,你又开始羡慕起那些幸福的人来了……

1993 年 2 月 于摩洛哥

март

—

ЁЖИК

*И лишь по ночам
он по-прежнему смотрел ввысь.
Он знал,
что там высоко,
среди множества звезд
живет Она..*

1

... Шум города не смущал его. Лениво поглядывая на прохожих и про себя усмехаясь над их замусоленными лицами, развалившийся на прилавке Ёжик думал о чем-то высоком. Он был из породы гордых и знал, что он чего-то стоит. Прекрасно сложенный, с аристократическим лицом и глубокими проницательными глазами Ёжик не мог не нравиться окружающим. Правда, со стороны он мало чем напоминал обычных ежей, но данным ему именем он был доволен. Восхищенные взгляды не оставляли его равнодушным. Его румяное от весеннего солнца лицо сияло каким-то необычайным светом… Лёгким движением руки он достал из левого кармана сигарету и закурил. Глядя поверх очков на тлеющую сигарету, он на мгновение почувствовал себя на необитаемом острове…

Ёжик стряхнул в ладонь пепел и осторожно посмотрел на человека, в чьей власти он находился. Это был его отец. Дряхлый, небритый, со слипшимися нечесаными волосами старик напоминал скорее дикаря из племени Гурамбо, нежели человека, бывшего в прошлом мужчиной из высшего света и любимцем женщин. Но Ёжик гордился им. Ведь это он научил его отличать белое от черного. Он. Его Отец…

2

… Раньше Ёжик просто не задумывался над тем, чем он дышал и жил. Ему это было ни к чему. Он ощущал в себе силу. Ту силу, которой он гордился. Ёжик никогда не чувствовал, что нуждается в чьей-то поддержке. Он жил в своем мире, прекрасном и желанном, и блуждая со свечкой в руке по темным его закоулкам, знал, что никто на свете не сможет сломать его. Эта атмосфера всегда нравилась ему со всеми её причудами. Он не променял бы её ни на что другое. Сладкое ощущение свободы и независимости, чувство того, что не нужно постоянно оглядываться назад, наполняло его охладевшее сердце удовлетворением. Ёжик был просто уверен – всё, что исходит от него, правильно и он ни за что не сойдет с этого пути.

Но всё же что-то в его мирке было не так. Наводила его на мрачные мысли жадная темнота, потому что свеча в его руке не собиралась давать того желаемого света его существу. И лишь по ночам он по-прежнему смотрел ввысь. Он знал, что там высоко, среди множества звезд живет Она… Ёжик всегда чувствовал Её тепло. Но даже когда Её яркие лучи согревали его, он не задумывался, что это именно Она дарит ему это наслаждение. И случилось то, что должно было случиться. Его изможденный разум давал понять, что именно этого ему так долго не хватало, и жизнь приобрела тот сладкий вкус, который Ёжик так и не успел вкусить…

Март 1993 года

插画：阿尔曼·拜穆拉托夫

графика Армана Баймуратова

三月 / 小刺猬

每逢黑夜,
他依然像从前那样抬头仰望。
他知道,
在天空高处,
在群星之间,
"她"存在着……

1

……城市的喧嚣没有扰乱他的生活。

小刺猬懒洋洋地躺在柜台上，一面瞅着路人，暗自嘲笑他们脏兮兮的脸庞；一面思考着一些崇高的东西。他是一个高贵的物种，而且他也知道，自己确实配得上"高贵"二字：完美的身材，贵族式的面孔，再加上深邃的明眸……周围的人都很喜欢这个小刺猬。诚然，从外表上看，他和普通的刺猬并无相似之处，但他对自己的名字很满意，他很享受周围人投来的赞赏目光。在春日骄阳的照耀下，他脸上闪耀着某种非凡的光芒……小刺猬微微动了动胳膊，从左边口袋里掏出一根香烟。他点着了香烟,看着烟圈一点点升腾到镜片上方,一瞬间他感觉自己处在无人的荒岛……

小刺猬抖了抖手上残余的烟灰,小心翼翼地看着那个可以支配自己命运的人——他的父亲。他已然年迈,没有刮脸,过长的头发粘在一起。与过去上流社会中女性心仪的男性相比,他更像是一个来自古拉姆博部落的野人。但小刺猬为父亲感到骄傲,因为正是他——小刺猬的父亲教会了自己如何分辨是非黑白……

2

……之前小刺猬从未想过,他靠什么呼吸,靠什么生存。他不需要思考这些。他能感受到自己的力量,那份足以让他引以为傲的力量。小刺猬从来不认为自己需要什么帮助,他生活在自己的世界里,那个世界既美妙又充满希望。他手里拿着一支燃着的蜡烛,在偏僻昏暗的小巷里徘徊,他知道,在这个世界上没有人能战胜自己。他总是喜欢这种充满奇想的感觉。他从未想过用其他人所欣赏的想法来替换自己的奇想。一种充满自由和独立精神的甜蜜感受，一种无须总是朝前看的奇妙感觉使他冰冻的心逐渐融化。小刺猬坚信，他身边发生的一切都是正确的，他不会为了任何东西改变自己现有的生活方式。

但在他那狭小的世界里，也有一些东西并非如此。无尽的黑暗使他产生一些消极的想法，因为他手中的蜡烛并没有给予他生存于世所需要的光。只是每逢黑夜，他依然像从前那样抬头仰望。他知道，在天空高处，在群星之间，"她"存在着……小刺猬总是能感觉到"她"的温暖。但即使"她"耀眼的光芒能够给他温暖，他也从未想过，正是"她"赠予他这份欢喜。该发生的总会发生。微弱的理智让他明白了一些他很久以来都无法参透的东西，生活的滋味是甜的，这种味道，小刺猬还未来得及品尝……

1993 年 3 月　于阿拉木图

апрель

—

ФАРУХ

О, мертвые сердца! Чтоб над судьбой восстать,
Утраты и года вернуть и наверстать,
Чтоб сразу в двух мирах два урожая снять,
Возможность лишь одна: ожившим сердцем стать!

Омар Хайям

- …Чертовски болит голова! Сегодня опять щерились! А эта девка ничего! Ах, как она на меня смотрела! Нет!!! Все-таки я не серая мышка, которая пробежит, и никто ее не заметит. Я – черный кот, острый зуб и жгучий взгляд! Ну да ладно, лучше пойду спать. Ах, черт, как разболелась голова...

Он лег на тахту и вытянув свое молодое тело во весь свой 170-сантиметровый рост, и сладко зевнув, как обычно зевают коты после очередной победной битвы, уснул...

1

«... Молодой наследник престола Фарух был очень красивым юношей. Он не знал, что такое жажда, что такое холод и голод. И честно говоря, и знать-то этого не хотел. Любимыми его занятиями были езда на молодых чистокровных арабских скакунах и вечеринки, организованные его приятелями. То, что он рос беззаботно и сытно, и говорить не стоит. Нужно лишь сказать, что этот комфорт повлиял на него очень плохо. Он совершенно не интересовался ничем другим, кроме лошадей и веселых компаний. Особенно он был на вершине блаженства, когда на своем черном как смола аргымаке проезжал мимо толпы простых смертных. Про его богатство говорили все кругом. Можно было с уверенностью сказать, что он был самым большим счастливчиком на свете, потому что был не только богат, но и сказочно красив. Все девушки были без ума, когда видели его в вышитом золотом халате на черном аргымаке. В их головах кружилась мелодия любви. Так прошла юность молодого принца Фаруха.

2

Зрелая молодость почти ничем не отличалась от юности: бесконечные вечеринки кружили ему голову. Но случилось то, что обычно случается с молодыми людьми, независимо богат он или беден, на коне он или пеший. Он влюбился! Но влюбился он не в молодую ханшу, а в дочь гончара. Он был почти уверен в том, что Зейнап – девушка с алыми губами, черными как тьма волосами и очень красивыми глазами молодой верблюдицы полюбит его, стоит ему лишь поманить ее разок. Но Зейнап была умной девушкой и прекрасно понимала, что счастливой ей с ним не быть, потому что все блестело у него, а за душой покоилась чуланная пыльная тьма. Все, что бы он ни делал, было таким неестественным и притворным, что ее вскоре стало тошнить от одного лишь упоминания его имени. Конечно, другие девушки были по уши влюблены в наследника, так как жили как он, а значит имели такие же представления о жизни, как и сам Фарух. Зейнап, хоть и была с виду простой девушкой, умела делать все без чьей-либо помощи. Через год она нашла себе подходящего парня. Он не был богат как Фарух, но и не был глуп как он, чем и привлек внимание Зейнап. У Фаруха и в мыслях не было отстаивать отвергнутую любовь. У него просто не было времени об этом вспомнить. Каждый вечер он проводил время со своими друзьями. Не повеселиться вечером было для него чем-то невыносимым. Нужно сказать, что вино и девушки напрочь отбили у него охоту к знаниям. Да и поздно было уже взрослому человеку сидеть и зубрить всякие стишки и прочий «хлам».

3

Как говорится, проходили дни, шли месяцы, бежали

годы. Так и молодость промчалась перед Фарухом. Унаследовал он от своего отца все и ничего. Состояние он ему оставил, а как преумножить его не научил. Все, что он имел – это сварливая жена Акпан, единственная лошадь да скромный дом. Не исполнил своего долга отец перед сыном. Не научил его жизни. И сын забыл свой долг. Любил только брать, а что такое возвращать никогда не знал. Все состояние свое растранжирил, женился на «кукле». Ему важна была красота, а не сердце человека, вот и досталась ему «кукла» без души. Теперь семья не семья, жизнь не жизнь.

В старости Фарух очень сильно подурнел. Последнее свое утешение – кобылу – то ли продал, то ли проспорил, точно не помнит. С памятью у него плоховато стало. Детей у него не было. Просто ему не хотелось возиться с ними, да и жена была не из тех, кому хотелось воспитывать детей. Им обоим казалось, что все еще впереди, и что они еще молоды, хотя им было уже по много лет. В гости их уже никто не звал, а если звали они, люди старались не приходить под разными предлогами. Наконец, их начали открыто игнорировать. Жена Акпан все чаще становилась известной, как сплетница и грубиянка, хотя считала, что она всех воспитанней, а вокруг одни бездари, а Фарух – как популярный рассказчик о своих «подвигах». Но прежде чем что-нибудь услышать от него, вы должны были угостить его бокалом вина. Это, по его словам, помогало ему сосредоточиться.

Где сейчас Фарух и его жена точно не знаю. Хотя люди говорят, что он утопился пьяным в реке. А жена его до сих пор жива, продает всякую мелочь и остатки от былого достатка ...

4

Проснулся он от тупой боли в голове. Очень

хотелось пить. Не зажигая свет, он на ощупь пошел на кухню, чтобы попить воды. В окно падал лунный свет, поэтому можно было увидеть какие-то очертания в темноте. Но он не мог войти туда: там стоял «КТО-ТО». Ему захотелось крикнуть или чем-нибудь швырнуть в силуэт, но он не мог произнести и звука, не мог двинуть и пальцем. «КТО-ТО» держал его в тисках. Выдержав паузу, таинственный силуэт сказал:

- Слушай, ты отличный парень! Скажи, зачем тебе все это здесь? Я поведу тебя туда, где ты будешь иметь все, что пожелаешь. Это не миф. Скажи только «да», и мы по этому волшебному лунному лучу уйдем отсюда.

- Ты согласен? - спросил его все тот же «КТО-ТО».

Парень кивнул головой и отправился за тенью незнакомца. Когда он уже стоял на карнизе окна семиэтажного дома, он обернулся... но ничего не увидел.

Он услышал лишь смех... страшный смех...

5

На следующий день женщина, которая шла рано утром за молоком, обнаружила своего соседа из 137-й квартиры лежащим на асфальте в луже крови. Быстро вызвали милицию, скорую помощь. Решили, что это было самоубийство.

Скорым временем в 137-ю квартиру переехала какая-то старуха, которая продавала всякую мелочь от оставшегося состояния мужа. Эту квартиру ей выдали в связи со сносом ее частного дома, согласно решению Госкомимущества N731 от 46 мая 2096 года.

Апрель 1994 года

графика Армана Баймуратова

插画：阿尔曼·拜穆拉托夫

四月

一 法鲁赫

死去的心灵啊!
为了凌驾于命运之上,
为了寻回逝去的年华,
为了在阴阳两界同时收割,
办法只有一个——让死去的心灵复活!

——奥马·海亚姆

"——头疼死了！今天他们又冲我咧嘴笑！而这个姑娘什么都没做！唉，她是怎么看我的！不！！！我毕竟不是一只大灰鼠，灰溜溜跑过去，而未被任何人注意。我——是一只黑猫，有着尖利的牙齿和炽热的目光！好吧，算了吧，最好还是睡一觉吧。哎哟，见鬼，我的头好痛！……"

他躺在长沙发上，把自己170厘米的身体伸展开来。他美美地打了一个哈欠，像极了打完胜仗后伸懒腰的猫，然后进入梦乡……

1

年轻的王位继承人法鲁赫是一个美男子。他不知道什么是渴望，什么是寒冷和饥饿，而且他也不想知道这些。他最喜欢的活动就是骑着阿拉伯纯血马去参加朋友组织的晚会。关于他无忧无虑的成长经历，没有什么可讲的。但应该指出，这种生活的舒适性给他造成了很坏的影响。除了马匹和酒肉朋友，他对其他的一切都漠不关心，毫无兴趣。每当他骑着自己黝黑的马经过一群普通老百姓时，他总会感觉自己处在幸福之巅。所有人都在谈论他的财富。可以自信地说，他是世界上最幸福的人，不仅仅是因为他富有，还因为他惊人的美丽。所有的姑娘，在看到他披着绣花金色长袍骑在黑色的骏马上时，都会为他疯狂，她们的脑子里奏响着爱的主旋律。法鲁赫王子的青少年时期就是这么度过的。

2

长大后的年轻人几乎和青少年时期没什么区别：他整日流连于各种晚会。但一般来说，年轻人都是如此，这并不取决于他是富贵还是贫穷，也不取决于他是骑着骏马还是徒步而行。他恋爱了！但是他爱上的不是高贵的可敦，而是陶器匠的女儿。他觉得，泽伊纳普有着鲜红的嘴唇，漆黑的长发。她如骆驼一般的大眼睛充满爱意地看着他，他相信，泽伊纳普只一眼便会为他着迷。但泽伊纳普是个聪明的姑娘，她清楚地知道和他在一起不会有幸福，因为他表面上似乎到处都是闪光点，可他的心里却充满了那种在满是灰尘的地下室里才有的黑暗。他所做的一切都是那么不自然，那么虚假，以至于只要一提起他的名字，她就感到不适。当然，其他的姑娘依旧深深地爱慕着这位遗产继承人，因为她们想过他那样的生活，也就是说她们的生活观同法鲁赫相同。尽管泽伊纳普从外表上看是一个普通的女孩，但她无须任何人的帮助就能做到想做的一切。一年后，她找到了一个合适的男朋友，他没有法鲁赫那么富有，但他比法鲁赫聪明。正是这一点吸引了泽伊纳普。法鲁赫从未想过挽回这份被拒绝的爱情。他也没有时间思考这个问题。每个夜晚他都和自己的朋友待在一起。对他来说，无聊的夜晚是无法忍受的。应该说，葡萄酒和少女打消了他追求知识的念头。而且对于一个已经成年的人来讲，坐下来背诵一些小诗实在显得幼稚，死记硬背那些无用的东西，味同嚼蜡。

3

且说时光飞逝。几个月过去了。几年过去了。青春也在法鲁赫面前疾驰而过。父亲的一切都留给了他，但也可以说他什么都没有得到。父亲留给他所有的财产，但并没有教会他如何增加自己的财富。最后他拥有的只有——一个爱吵架的妻子阿克潘，一匹马和一幢简陋的房子。父亲并没有履行对儿子的责任，没有教会他如何对待生活。而儿子也忘记了自己的责任。他只喜欢获取，而什么是"回报"，他从来就不懂，也记不得。所有的钱都被他挥霍了，娶了一位"洋娃娃"。对他来说，美丽的外表是重要的，而人的心地如何并不重要，所以最后他得到了一个没有灵魂的"洋娃娃"。现在，家庭不像家庭，生活不像生活。

现在法鲁赫变化很大，没有以前英俊，大不如从前。自己最后的安慰——一匹母马，他时而卖掉它，时而要拿它做赌注，他已经记不太清了。他的记忆力已经变得不是很好了。他没有孩子。只是因为他不想和孩子们玩闹，而且他的妻子不是一个想抚养孩子的人。他们都认为，一切都留到以后再说，虽然他们已经快四十了，但还算年轻。已经没人招呼他们去做客了，而如果他们主动请人来自己家做客，人们也会想方设法拒绝这个邀请。最后演变成，他们被大家公然忽视了。妻子阿克潘因为自己的暴脾气和好搬弄是非的性格而闻名。然而，她认为自己比所有人都有教养，周围的人全都是平庸之辈。至于法鲁赫呢，他成了一个受欢迎的讲故事人，专门讲述自己的事迹。但在听他讲故事之前，您应该请他喝一杯葡萄酒。用他的话来讲,这会帮助他集中注意力。

法鲁赫和他的妻子现在在哪儿?我真的不知道。虽然人们说,法鲁赫醉酒后溺死在河里。而他的妻子至今还活着,她变卖一切家产,卖掉过去遗留下来的一切财产……

4

他从大脑的钝痛中醒来。非常口渴。没有开灯,他摸索着走到了厨房,想找口水喝。月光透过窗户洒进来,所以在昏暗的厨房里还是能视物的。但他不能进入厨房,那里站着"某个人"。他想尖叫,或者朝那个侧影扔点什么东西,但他发不出任何声音,甚至连手指都动不了。那个人用虎钳夹住他。停顿了一秒,那个神秘的侧影说:"听着,你是一个非常棒的小伙子!说吧,为什么你要在这里忍受着一切?我会把你带到你想去的那里,在那里你会拥有你想要的一切。这不是神话,只要你说'是的',我们就借助神秘的月光从这里离开。

你同意吗?"那个人问法鲁赫。

法鲁赫点了点头,走到那个陌生人的阴影里后。当他已经站在七层楼的窗檐上时,他突然转过身来……他什么也没有看见。他只能听见笑声……恐怖的笑声……

5

第二天,早起去买牛奶的邻居发现137号房的法鲁赫躺在马路上,周围一摊血。人们很快就报了警,叫了救护车。所有人一直认为,这是自杀。

不久,137号房就搬进了一个老太太,她把丈夫留下的所有物件都变卖了。根据国家国有财产管理委员会2096年5月46日出台的第731条法令规定,由于她的私人平房被强制拆除,该房转到这个老太太名下。

1994年4月

май

—

АСКАР

Тело человека создано лишь для того, чтобы быть использованным от начала до конца своей душой, подобно гонщику, который использует машину лишь для того, чтобы проехать от линии «старт» до линии «финиш».
Зачем ему эта машина после того, как она переехала последнюю черту?
Он просто слезает с уже потрепанного «металлолома»…

1

Сегодня идет дождь. И в голове у меня крутится непонятная, расхлябанная мелодия в манере «Rolling Stones». Может быть, поэтому я подумал о тебе. Ты – это человек, у которого такой же вкус на предметы, что и у меня...

... Иду по Ботаническому бульвару. Мимо прошел парень в черной водолазке и с черным зонтом. Серый пиджак сидит на нем очень хорошо. Он насвистывает именно тот мотив, что и у меня в голове. Странно... «Он, наверное, тоже любит крепкий чай», - подумал я про себя. Хочется поскорее попасть домой. Может быть, мне кто-нибудь позвонит…

2

После легкого завтрака я обычно включаю телевизор, чтобы услышать что-нибудь новенькое, или выхожу на балкон подышать свежим воздухом. Но сегодня я не сделал ни того и ни другого. Я взял незаконченный роман и уставился в него, сделав умный вид. Но и это у меня не получилось.

Вдруг я вспомнил про подружку, которая жила своей обычной жизнью неподалеку от моего дома. Ходил я к ней не часто, но видеть ее хотел всегда. Звали ее К.

Если бы у нее был телефон, то я, наверное, звонил бы ей каждый день. Но телефона у нее, к сожалению, не было, а увидеть ее мне очень захотелось. Я бросил на диван все еще незаконченный роман, надел свои любимые джинсы, выбрал рубашку темного цвета и буквально выбежал из квартиры. Мне так хотелось поговорить с ней о чем-нибудь. Неважно о чем. Просто меня одолевала тоска. Я шел и боялся, что не застану ее дома.

Поднявшись по знакомым ступенькам, я наконец оказался перед черной дверью с номером 62. Звонок не работал и пришлось постучать. Никто не открывал. Такая тоска и отчаяние охватили меня. На мгновение мне даже показалось, что я не увижу ее никогда. Я уже собрался уходить, как вдруг дверная ручка опустилась вниз, и дверь стала открываться. Я еле заметил ее очертания в темной прихожей. Никогда мне не доводилось видеть ее такой, и чувство неуместности моего присутствия стало давить на меня, что я чуть не сказал: «Приду в другой раз». Но она дала мне понять, что я могу войти...

3

Я вошел в уже довольно пустую комнату. Раньше она была более живой. А сейчас у окна стояла кровать, в правом углу комнаты к стене был придвинут стол. И лишь хрустальная люстра напоминала о прошлом веселье и бурной жизни в этой комнате.

«Убежал от своей тоски к тоске другой... И так всю жизнь», - подумал я про себя. И только я собрался продолжить эту свою «зеленую» мысль, как она подошла к своей кровати и, предложив мне стул, села сама.

Так как я знал ее уже давно, всякие разговоры про погоду и здоровье я решил не начинать. Увидев ее прекрасный и в то же время задумчивый взгляд, мне очень захотелось поцеловать ее в алые губки, но она начала разговор:

- Сегодня у меня была странная ночь, - сказала она совершенно отрешенно.

- Что, гужбанили всю ночь или танцевали под Бетховена?

Мне хотелось поднять ей настроение, но она восприняла вопрос вполне серьезно и ответила на него отрицательно, покачав головой. В ее глазах я увидел тень какой-то не сбывшейся мечты.

- Нет! Я видела во сне Его... Он сегодня приходил ко мне просить прощения.

О ком она говорила, я не понимал, так как видел ее в последний раз полгода назад, а она говорит так, как будто мы общаемся каждый день. Я спросил, о ком она говорит, и она, взглянув на меня холодными глазами, тихо произнесла его имя...

4

... Я училась на третьем курсе, а он – на курс выше. Увидела я его впервые в буфете нашего университета. Я зашла, чтобы купить что-нибудь, как вдруг ко мне подошел парень высокого роста с волнистыми волосами. Он тронул меня за плечо и выпалил:

- Девушка, сжальтесь над бедным студентом, купите ему стакан чая.

- А что у вас не хватает на чай? - не растерялась я.

- Да, мне не хватает на чай, и на булочку тоже.

Дальше разговаривать было бесполезно, и я купила ему все, что он попросил. Я хорошо понимала, что это была неудачная шутка чудака-студента, но мне понравились его глаза. В них была какая-то страсть, и мне показалось, что я даже чуть-чуть в него влюбилась. Мы сидели рядом, наши спины «смотрели» друг на друга. Он был с друзьями и за столом явно слушали только его белиберду. По моей спине пробежали мурашки, мне почему-то стало неловко находиться здесь, и я вскоре встала и вышла из буфета.

Отсидев все три пары, я как обычно пошла по улице Тимирязева пешком. Мне нравилось ходить под деревьями и вдыхать их свежий весенний запах. Я шла и ни о чем не думала, как вдруг передо мной очутился тот нахал с красивыми глазами.

- Благодарю за Ваше угощение, - сказал он, низко кланяясь. - Если бы не Вы, не видать мне этого синего-синего неба. Как Вас зовут, милая спасительница? - продолжал он в том же ироничном тоне, пронизывая меня насквозь своим взглядом.

- Меня зовут К. А ты нахал! - я сразу перешла в атаку.

- О!!! Сразу на «ты»! Для начала не плохо. Кстати мы с тобой «соседи», - сказал он и тронул мою водолазку. - Все, кто носит водолазки, для меня – соседи.

- Надо же! И как же зовут «соседа»? - нашлась я.

- Сосед!

- Так и зовут?! - усмехнулась я.

- А Вам не нравится? - сделал он «огорченный» вид, и мы засмеялись.

Так мы познакомились. Весь вечер его образ не уходил из моей головы. Он дал мне номер своего телефона, и я не могла не позвонить ему на следующий день. Мне так нужно было услышать его голос. Когда он снял трубку, в моей груди так застучало сердце, что он даже шутя спросил, не з анимаюсь ли я дома пробежкой. Мы проболтали с ним два часа, и вроде бы обо всем поговорили и сказали друг другу «пока», но рука не слушалась меня и я не могла сразу повесить трубку. В моих ушах все еще звучал его голос, хотя в трубке уже давно были слышны гудки, оповещая меня, что пора уже закончить разговор. Тут я поняла, что безнадежно влюбилась.

5

До сих пор не верится, что все это произошло со мной. Раньше я вообще не верила в любовь и думала, что все эти сказки про Ромео и Джульетту – плод человеческой фантазии, что в реальной жизни этого не может быть. Но я сама пережила это чувство. Я поняла, что значит любить. Это совсем не желание лезть в постель к мужчине, это – нечто большее.

Когда он в первый раз обнял меня, я поняла, что нашла то, что так долго искала. Поняла, наконец, что он есть я, а я есть он. Мы будто объединились в одно целое, и разъединить нас было уже невозможно...

Мы стали с ним встречаться все чаще и чаще. Незабываемым в моей жизни стал тот ненастный день, когда он пришел ко мне в 10 часов вечера с цветком в руке. Шел ливень, его волосы были похожи на мокрую мочалку. Он стоял и улыбался, а потом вдруг встал на колени и прочел стихи, протягивая мне алую розу. Мы с ним сели пить крепкий цейлонский чай. Костюм его весь промок, и он остался у меня до утра. Ты представляешь, мы даже не целовались с ним, мы просто подошли к окну, обняли друг друга и молча смотрели, как дождь бьет по стеклу. Я готова была стоять так вечность, лишь бы не потерять его. Каждое мгновение, каждая минута была мне дорога. Затем мы всю ночь напролет говорили о всякой ерунде, пили чай, может быть, поэтому и не хотелось спать. Но все равно я не сомкнула бы глаз, потому что около меня был он...

Но вот заговорило радио. Синоптики предвещали дождь, и какая-то печаль засела у меня в сердце. Он подошел ко мне и тихо сказал, что ему пора. Как мне не хотелось тогда, чтобы он уходил... Хотелось обнять и никогда больше никуда не отпускать. Но что я могла сделать в ту минуту: пора значит пора. Я смотрела ему вслед. Он уходил, подняв над собой черный зонт. Пора... Значит... Пора... - шептала я вслед.

6

... Пора... - шептала я вслед.

Началась летняя сессия и у меня, и у него. Иногда мы готовились вместе, а иногда самостоятельно. А потом он мне сказал, что сдал досрочно экзамены и должен уехать по делам на недельку-две. Расстались мы так, как будто увидимся завтра. Прошло три недели, а он все не приходил. Мне нужно было ехать домой в Гурьев на каникулы, но я не решалась, боясь не встретиться с ним. К тому же он обещал по приезду сразу же прийти ко мне.

И как-то днем я увидела свадебный кортеж. Хотя крутые машины выглядели очень торжественно, на меня они навели странную тоску, я вспомнила про моего Аскара. Как раз в кармане залежался жетон, и я позвонила ему с ближайшего таксофона. На другом конце провода оказался не он, а кто-то из его близких. Когда я спросила Аскара, голос в трубке произнес: «А он женился! Если хотите прийти на свадьбу, милости просим!».

Меня будто в омут бросило. Не знаю, как дошла до дома. Первое чувство, которое меня охватило, была пустота, полнейшая пустота, образовавшаяся вокруг. Захотелось выпрыгнуть из окна, повеситься или отравить себя газом. Я поняла, что меня бросили, как ненужную игрушку, что я всего лишь вещь по имени К. Буквально минуту назад я думала, что мы вместе, а теперь мы были порознь.

Все стало таким чужим и серым на свете, что мне хотелось бежать, куда глаза глядят. Но куда я могла бежать? Куда?! Эти чувства собрались в один горький, тяжелый комок и сдавили мне грудь. Я упала на пол и стала реветь. Пролежала я так до утра. «И разошлись, как в море корабли»...

7

С того момента в моей жизни все пошло по-другому. Все яркие тона приобрели блеклый оттенок. Люди стали казаться злыми, а порой даже просто хищниками, которые ждут удобного момента, чтобы наброситься на жертву. Я стала бояться их. Вокруг меня как будто постепенно сжималось невидимое кольцо.

Мне становилось все тяжелее и тяжелее дышать. Ничего святого для меня вдруг не стало в тот момент. Я прокляла Аскара, но в самой глубине души я чувствовала, что если вдруг в один прекрасный день он придет ко мне, я первой брошусь ему в ноги. Первой начну молить о прощении, что не смогла его удержать, что не смогла его полюбить так, чтобы он остался со мной. И это моя вина в том, что он женился на другой. Но он не приходил... И в университете я его больше не встречала.

Я успешно окончила учебу и устроилась на работу преподавателем в одном из учебных заведений Алматы и стала его постепенно забывать. Поистине, время лечит всё. Вроде и жизнь стала налаживаться, входить в колею обыденности. Но совсем недавно...

8

Но совсем недавно на остановке я встретила девушку, которая очень внимательно меня разглядывала. Я взглянула на нее, и ей стало неловко, но когда я отвернулась, она подошла ко мне и вежливо спросила:

- Извините, Вас зовут К.?

Я обернулась и увидела перед собой девушку чуть старше двадцати лет, очень приятной наружности. Меня удивило то, что она знает мое имя, ведь я видела ее первый раз в жизни. Увидев мое изумление, она поспешила все объяснить.

- Не удивляйтесь! - сказала она и предложила пройти одну-две остановки пешком. Я никуда не торопилась и приняла ее предложение. Пропустив меня вперед, она немного погодя поравнялась со мной. Мы пошли вниз по Байзакова.

- Я – жена Аскара, - сказала она вдруг. Земля как будто начала уходить из-под ног, и я немного приостановилась. – Я Вас узнала, потому что видела Вашу фотографию, - объяснила она.

Переборов волнение в голосе, я спросила:

- А где Аскар?

Немного помолчав, незнакомка совершенно спокойным тоном сказала:

- Он умер. Вот уже полгода как его нет.

Я потеряла самообладание, и слезы хлынули сами по себе, я не могла сдержать их. Все, что начало забываться, вдруг всплыло в одно мгновение, и все те чувства горечи и утраты ударили в мою память, раскрыв былую рану. Я не могла идти дальше. Мы присели на скамейку, и она продолжила:

- Я знаю, вы любили друг друга и даже слишком любили, а вышло так, что он женился на мне. Нас сосватали. И мои, и его родители – очень состоятельные люди, их слово – закон. Моему отцу понравился Аскар, а его отцу я, так вот они решили нас поженить. Может быть, Вам это покажется странным или даже кощунственным, но он женился на мне совершенно спокойно, без особых переживаний. А о вас я узнала совершенно случайно. Недавно прибирая стол, я обнаружила пачку писем, в одном из которых я нашла Вашу фотографию. На обороте была надпись «На память Ромео от Джульетты». Очень романтично! А вы что сами из Гурьева? - спросила она, вдруг пытаясь сменить тему разговора.

Я не услышала вопрос или посчитала его неуместным и спросила, как всё произошло. Она кивнула головой в знак согласия и совершенно спокойным голосом начала рассказ про их бывшую счастливую семейную жизнь вплоть до того трагического дня. Она будто вела беседу о чужой семье, у которой было всё: квартира, машина, блат, но у которой не было счастья... Она словно рассказывала о смерти совсем постороннего человека, а не своего мужа. Её рассказ больше походил на сплетни соседки, чем на трагедию жены. Одета она была очень ярко, голос звучал ровно, и за все время, проведенное со мной, она не проронила ни слезинки.

Впервые в жизни мне стало очень жаль Аскара. Теперь не я была одинокой, а он... Не мне нужна была помощь, а ему... Но чем я могла ему помочь, ведь он ушел туда, откуда никто и никогда не возвращался.

Вдруг в моей памяти возник образ Аскара. Он

спускался вниз по ступенькам, а я глядела ему вслед и шептала про себя: Пора... Значит... Пора...

- Вы слушаете меня? - вдруг пробился ее голос, уже начавший меня раздражать. Я опомнилась и спросила:

- Как он умер?

Девушка подхватила вопрос:

- Он попал под машину!

Ее тон начал выводить меня из терпения и я, поблагодарив ее и ссылаясь на кучу дел, стала прощаться. Вдруг она протянула мне конверт и добавила:

- Это, по всей вероятности, вам. Это я тоже нашла в столе.

Дрожащей рукой я взяла конверт, простилась с незнакомкой и направилась к себе домой. Я шла по улице, не чувствуя своих ног. Вот я подошла к месту, где мы с ним впервые узнали друг друга. Казалось, вот-вот появится юноша в черной водолазке с удивительно красивыми глазами. Я остановилась у дерева и закрыла глаза. Не хотелось уходить, не повстречав его. Вся моя история любви пробежала перед глазами, и мне стало так тоскливо. Одновременно луч надежды прокрался к моему сердцу. «Он принадлежал ей, а теперь он принадлежит себе. Я хочу его видеть, мне нужно с ним поговорить. Может все начать сначала?» Мысли текли так быстро, что я немного не успевала за их ходом. Я направилась к ближайшей телефонной будке, взяла трубку и начала набирать его номер телефона. Но… куда звонить?! Ведь его же нет! На всей планете его нет! Н Е Т!!!

Опять печаль и одиночество овладели мной, и мне захотелось умереть. Вдруг я вспомнила про конверт –

единственную весточку от него. Я второпях раскрыла его и увидела нашу с ним фотографию. Мы стояли рядом такие молодые и счастливые. За фотографией я нашла письмо, каждое слово которого заставляло трепетать мою душу. Я читала его с величайшим волнением. Вернее... его голос произносил эти слова...

9

«Дорогая и любимая К. Даже не знаю, как начать писать, но мне нужно написать это письмо.

Уже два года мы не видели друг друга. Но я все еще люблю и желаю тебя всем сердцем. Я женился на девушке, которую совсем не люблю, и она тоже не питает ко мне никаких чувств. Отец настоял на этом браке, а я не мог противиться его воле. Ты же знаешь, у нас у казахов с этим строго. Теперь я как в тюрьме, хотя всё у меня есть. Стал много пить. Возненавидел всех. Всех, начиная от родного отца до незнакомого прохожего. Как ни пытался забыть тебя, стереть всё из памяти, не получается.

Я – малодушный трус, который живет по воле других людей. Как ни пытался прийти к тебе и попросить прощения, не смог этого сделать. Я боюсь твоего взгляда. Вот видишь, я начал бояться и тебя.

Но это письмо я пишу с надеждой, что ты простишь меня, иначе не будет мне покоя нигде и никогда. Прости меня, К., если сможешь... Прости... Я люблю тебя. Твой Аскар».

10

В тот вечер мне ничего не хотелось делать и никого не хотелось видеть. Я умылась и легла спать...

11

… Идет дождь. Всё небо покрылось черными тучами. В заброшенном мокром саду стоит одинокий серый домик. Там, у окна с видом на море стоит деревянная кровать, на ней лежу я.

Со стороны моря подул сильный ветер. Волны поднялись так высоко, что едва не залили мою комнату. Ударила молния, и в комнату вошел человек в черном плаще. Я поднялась и узнала его – это был Аскар. Он подошел, стараясь не глядеть мне в глаза. Внезапно он упал к моим ногам… Я прижала его холодное лицо к своей груди и посмотрела в его безжизненные глаза, увидев в них застывший взгляд и бездну тоски…

Как бы трудно мне не было в тот момент, я произнесла: «Я прощаю тебя и люблю как раньше. Не мучай себя. Иди с миром».

Он встал и вышел. Дождь перестал стучать в окно. Взошло солнце, и от моего домика до другого берега моря образовалась радуга, и по ней мчался черный всадник на белом коне. Он поднимался все выше и выше, постепенно удаляясь от меня, пока не превратился в черную точку...

Вдруг неизвестно откуда, появилась черная туча и закрыла солнце. Подул сильный ветер и пошел град.

Я проснулась и взглянула в окно. На самом деле шел град. По радио передавали погоду, и синоптики обещали дождь на целый день…

12

Я посмотрел в ее печальные глаза и сказал, что мне нужно идти. Она ничего не ответила, только подошла к окну и кивнула головой в знак согласия. Я как можно тише открыл дверь и вскоре был на улице. Ни зонта, ни пиджака у меня не было. Я шел и думал: «Чушь какая-то. Нет никаких черных всадников, и белые кони не могут скакать по радуге. Она просто чем-то грезит. Приснился ей сон, и она поверила в него».

Так я шел и насвистывал одну из мелодий «the Beatles»...

Май 1994 года

almaty*Night*

иллюстрация : Нурлан Аккошкаров

插画：罗光明

五月一 阿斯卡尔

身体被创造,
是为灵魂所用,
就像赛车,只是为赛车手提供了
从起点驶到终点的工具。
当赛车手抵达终点,
工具便已失去作用,
他要做的,只不过是从一堆废铁中爬出来。

1

天空中飘着蒙蒙细雨,我脑海里一直回荡着"滚石"乐队难以捉摸却又令人轻松的旋律。大约是这旋律吧,我想起了你,我的朋友,我们对许多事物的审美趣味都那么一致……

沿着植物园林荫道散步。从我身边走过一个身穿黑色高领毛衣、撑着黑伞的年轻人,父亲的灰色外套穿在他身上也很合身,他吹着口哨,那旋律居然正是此刻回荡在我脑海中的这一段,好神奇啊……"他大概也喜欢浓茶。"我猜。忽然涌起回家的冲动,想着也许会有朋友给我打电话。

2

平时，简单的早饭过后，我会打开电视听新闻或者是在阳台呼吸新鲜空气，但今天这两件事我一件也没做。我拿起一本之前未读完的小说，极力想专注些，认真读一读。但心神总是难以集中。

我想起了好朋友，她在离我不远的地方过着普通人的生活。我并不经常去看她，但是心里一直想见到她。她的名字是K。

如果她有电话，我大概每天都会给她打电话，但遗憾的是她并没有电话，而我却很想见到她。我把没读完的书扔到沙发上，穿上自己最喜欢的牛仔裤，挑了一件深色的衬衫，几乎是从家中跑出来的。忧伤萦怀，使我很想和她聊聊天，聊什么都行。此刻，我一边走一边担心她不在家。

我登上熟悉的台阶，来到熟悉的62号房门前。门铃坏了，我只能敲门，但门内没有动静。忧伤和失望占据了我的心，某一刻我甚至想，可能一辈子都见不到她了。然而，当我正准备离开，门把手突然向下滑，门开了。我看到她穿着白色的连衣裙站在屋子里（编者注）。我从来没见过这样的她，突然感觉自己来得不是时候，我差点就说"下次再来"，但她示意我进屋去。

3

我在房间里走来走去。以前屋内是充满活力的，而现在窗边有一张床，房屋右侧的角落里有一张桌子，只有闪耀的水晶吊灯让我回忆起过去在这里的开心时光。

"生活就是源源不断的烦恼吧"，我正思考着存在的意义时，她指着椅子让我坐下，自己则坐在床上。

我们相识已久，所以用不着寒暄天气和身体状况。看着她美丽深邃的目光，我很想亲吻她的红唇，她却说："今天我度过了奇怪的一夜。"并说奇怪得令她发疯。

"是整晚都过得很开心吗？或是伴着贝多芬的音乐舞蹈？"我想逗她开心，但她却神情严肃，摇着头，完全否定我伴着音乐跳舞的臆想，眼里流露出梦想没有实现的痛楚。

"不，我在梦中见到了他……他今天来向我道歉了。"

我并不明白她说的是谁，因为上一次和她见面是在半年前，而她这么说好像我们每天都在交流。我问她提到的是谁，她看着我不解的眼神，轻声说出了他的名字。

4

那时我是三年级的学生，他比我大一届。我第一次见到他是在学校的小卖部，那天我去小卖部想买点东西，突然一个高个子卷头发的男生向我走近,他拍了拍我的肩膀,说:"姑娘,可怜可怜穷学生吧,为他买一杯茶吧。"

"你的钱不够买茶喝了吗?"我并没有表现出惊慌失措。

"是呀,我的钱不够买茶了,也不够买小蛋糕吃了。"

再继续说下去就无趣了,我给他买了他要求的所有食物。我心里明白这是一个傻学生开的一个并不成功的玩笑,但我很喜欢他的眼睛。他的眼中透露着某种热情,我开始有一点点喜欢上了他。我们相邻而坐,背对着背。他和朋友在一起,在桌旁只听得到他的胡言乱语。我感觉背上起了鸡皮疙瘩,不知为什么,在这里我感觉很尴尬,于是很快起身走向小卖部门口。

我在小卖部坐了有三节课的时间,然后习惯性地沿着季米里亚泽夫大街走着。在树下漫步呼吸新鲜空气真的是很惬意的事。走着走着，脑子里一片空白。

不知何时，那双美丽的眼睛又出现在了我的面前。

"感谢您给我买的饭"，他说，并深深地鞠了一躬，"如果没有您，我就不能看到这么美好湛蓝的天空了。我可爱的救星您叫什么？"他用开玩笑的口吻说着，仿佛他的眼神能够将我看透。

"我叫K，你这个无理取闹的人。"瞬间我对他发起了言语攻击。

"哇！！！您都称呼我为'你'啦，对于一段关系的开始来说这是一件好事。顺便说一下，我们是'邻居'呀。"他说着就碰了碰我的绒绒衫，"我把所有穿绒绒衫的人都看作邻居。"

"当然！那我的邻居叫什么呢？"我反问道。

"邻居！"

"就这样称呼你？"我讥笑道。

"难道您不喜欢这样的称呼吗？"他做出失望的表情，我们都笑了。

就这样，我们成了朋友。整个晚上，他的样子都回荡在我的脑海中。他把自己的电话号码给了我，第二天我忍不住给他打了电话，因为我迫切地想要听到他的声音。接电话的是他本人，那时的我心跳得很快，以至于他问我是不是在做运动。我们闲聊了两个小时，似乎我们已经向对方说了"再见"，但我的手就是不听使唤，我也挂不掉电话。在我的耳中他的声音依旧在回荡，电话已经嗡嗡地响了很久，提醒我该把电话放回去。这时我明白，我恋爱了，无望地爱上了另外一个人。

5

到现在也不能相信,为什么这些事会发生在我的身上。以前我从不相信爱情,并且认为所有类似罗密欧和朱丽叶的爱情故事都只是人们编造出来的骗局而已,在现实生活中这样的爱情是根本不存在的。而我自己却亲身经历了这样的感觉,我知道,这就是爱情的感觉。这不仅仅是想要与一个男人上床的愿望,而是更多其他的内容。

他第一次拥抱我的时候,我就知道我找到了自己需要的人。我明白,最终我们会融为一体,他会成为我,我会成为他。我们像一个整体,似乎没有任何力量能够将我们分开。

我们开始频繁约会。那大概是我生命中最幸福的一天,那天晚上十点他拿着鲜花来看我,天下着暴雨,他的头发像是潮湿的瓜络。他站起来微笑着，之后单膝跪地朗诵诗歌，向我献出鲜红色的玫瑰花。我们坐在一起喝着浓茶。他的外套全湿了，因而他在我家一直待到第二天早晨。你能想象吗？我们在一起都没有亲吻，我们只是走到了窗边，相互拥抱，什么都没有说，一起看着窗外的雨。为了不失去他，我准备这样一直站着。每个瞬间、每一秒在我看来都很宝贵。整晚我们谈天说地，喝茶，也许正是因为这样才不想睡觉。但我还是闭上了眼睛，因为他在我身边……

收音机里又开始了新一天的广播。天气预报称将会有雨，忧伤的情绪让我愁眉不展。他走到我身边，轻声说着他该离开了。我是多么不想让他离开呀，想要一直拥抱他，不放手。但那时的我又能做什么呢？时间到了就意味着要离开了。我看着他的背影渐渐远去，他慢慢地走远，为自己打开了伞。到时间了，这意味着……

6

"走吧。"我低声说道。

我们的夏季考试期到来了,有时候我们一起学习,有时候我们分开独自学习。之后他和我说已经提前完成了考试,需要离开几周去办事。我们分别很自然,仿佛第二天就可以见面似的。但三周之后他还没有回来,这时我得回到在古里耶夫的家中去度假了,但是我一直犹豫着没决定,因为担心会和他错过,况且他答应过我一回来就会来看我。

某天,我看到了一辆婚礼护送车,虽然婚车看起来很庄重,但却使我格外忧伤,我想到了阿斯卡尔。正好口袋里有电话币,我在最近的电话亭拨通了阿斯卡尔的电话。接电话的并不是他本人,而是他的某一位亲人。当我要求阿斯卡尔接电话时,电话中传出了这样的话语:"他已经结婚了,如果您愿意,我们请求您的原谅。"

我仿佛坠入了万丈深渊。我不知道是怎么走回家的,空空如也的感觉笼罩着我,身旁的一切都是空荡荡的。我想要跳出窗外,将自己挂在外面或者是用气体毒死自己。我明白,我像玩具一样被人抛弃了,我只不过是一只名为"K"的玩具。一分钟之前我还在想我们会在一起,现在我们已经分道扬镳。

"我们像海洋上漂泊的船一样走散了,"我想要这样挖苦自己。周围的一切都变得与以往不同,都变成了灰色,我想要逃避这一切,想要逃到任何地方。但我又能逃到哪里呢?所有感情都变成了一个苦涩沉重的气团,压在我的心上。我摔倒在地,开始不断地叫喊。我就这样在地上躺到了早晨。"我们像海上漂泊的船一样走散了。"

……

7

从那一刻开始,我的生命像是走向了另一面。所有阳光美好的事物都变成了灰色。身边的人都变得很邪恶,变得令人恐惧,仿佛在任何一刻他们都可以将我伤害。我很害怕他们。在我的周围似乎形成了一个怪圈,它一直包绕着我。

我的生活变得越来越沉重,生活中也不再有纯洁的事物。我责怪阿斯卡尔,但在内心深处我却是另外一种想法,如果某一天他突然出现在我的眼前,我一定会勇敢地向他迈出第一步。我会首先向他道歉,请求他的原谅,原谅我没能留住他,原谅我没能用我的爱将他留住。他和别人结婚是我的错误。但他并没有来,在大学校园中我再也没有见过他。

我顺利从大学毕业,在阿拉木图的一所学校当教师。他从我的记忆里渐渐消失,的确,时间能够治愈一切。似乎我的生活已经归于平淡,逐渐步入正轨,但是,就在不久前……

8

在车站我看到了一个姑娘,她很专注地看着我。我也看了看她,她显得很不自在。我转过头时,她很礼貌地向我询问:

"您好,打扰了,请问您是不是 K 女士?"

我转过身,眼前站着一个二十出头的姑娘,她长得很漂亮。令我惊奇的是她竟然知道我的名字,要知道这是我第一次见到她。看到我惊讶的表情,她急忙做出了解释。

"不用吃惊,"她说,并提出了一起步行一两站的请求。当时我没有其他事,便答应了她的请求。她让我先走了几步,之后才跟上我。我们沿着拜扎科夫街走着。

"我是阿斯卡尔的妻子",她突然说。我感觉到天旋地转,并停了下来。"我知道您,因为我在照片上见过您。"她解释说。

我自己都不知道为什么事情会进展到这一步,问她:"阿斯卡尔去哪儿了?"

空气顿时安静下来,过了一会儿,姑娘用完全平静的口吻说:"他去世了,已经有半年时间了。"

我放弃了最后的抵抗,泪流满面。已经淡忘的过往又回到了我的脑海中,痛苦和失落充斥着我的内心,这一切使我心痛不已。我不能再向前走了,于是我们便坐在了长椅上,她继续说:"我知道,你们是彼此相爱的,而且是炽热的爱过。然而,他却和我结为了夫妇。我们是被迫走在一起的。我们的父母都是很富有的人,他们说的话就是准则。我的父亲很欣赏阿斯卡尔,而他的父亲很喜欢我,就这样他们就决定了我俩的婚事。或许在您看来这是很奇怪的,但是他还是很平静地娶了我,并没有做出什么反抗的事。我是在偶然的情况下了解到您。不久前收拾桌子的时候,我找到了一沓信,在这其中我就看到了您的照片。照片的背面写着'为纪念罗密欧与朱丽叶'。这是多么浪漫的爱情呀。您是来自古里耶夫城吗?"她突然问道,想要转移话题。

我没有听到她的问题或是认为这个问题是不合时宜的,于是我便向她询问事情的原委。她点点头表示同意,用平静的声音讲述着悲剧到来之前他们平静美满的家庭生活。她似乎在向我讲述着别人的家庭生活,这个家里一应俱全:房子、汽车、人脉,但唯一缺少的就是幸福。似乎她是在讲述着局外人的生死,而不是自己爱人的生死。她的故事更像是邻居的八卦,而不是一个妻子的悲剧。她穿得很漂亮,她的声音一直是平和的,和我在一起的时间里她并没有流泪。

这是我生命中第一次为阿斯卡尔感到遗憾。现在孤单的并不是我,是他。需要帮助的并不是我,而是他。但我又能怎么帮助他呢?他去了另一个地方,那里没有他的消息,没有人从那里回来。

突然我的脑海中出现了阿斯卡尔的样子,他沿着楼梯向下走,我望着他远去的背影,默默地对自己说时间到了就是该离开了。

"您是否在听我说话?"她的声音突然打断了我的思索。我回过神来,并向她询问:"他是怎么去世的?"

她很快明白了我的问题:"他撞在了车上!"

她的声音让我失去了耐心,我感谢她告诉了我这么多的事,于是我们开始告别。突然她递给我一个信封,补充道:"这封信大概是他写给你的。我在桌子上找到了它。"

我用颤抖的手接过信封,和陌生的姑娘告别,这时的我才回过神来。我不快不慢地沿着季米里亚捷夫大街走着,慢慢地走近了我们初次见面的地方。恍惚之间,身着黑色绒绒衫有着格外美丽眼睛的少年又出现在了我的眼前。我停在树下,闭上了双眼。我不想离开,因为我还没能遇到他。我有关爱情的所有记忆都在眼前浮现,忧伤再一次让我不知所措。同时,希望的曙光又笼罩着我的心。"以前阿斯卡尔是属于她的,现在阿斯卡尔是属于我的。我想要见到他,想要和他说一说话,是不是一切都从头再来了?"我很难追上思维的脚步。我走向了最近的电话亭,想要拨通熟悉的号码,可是我又能打给谁呢?他已经不在了!世界上已经没有这个人了……

伤感和孤单再一次控制了我,我很想死去以忘掉这一切。突然我想到了信封,想起了唯一可以和他联系上的东西。我急忙打开信封,看到了信封里面我俩的照片,上面定格了我们最美好、最幸福的时光。照片后面我找到了一封信,信中的每一个字都让我格外激动。我兴奋地读着这封信,好像,他在为我读一样。

9

"我最亲爱的 K，我甚至不知道该怎么开始这封信，但我还是有必要写一封信的。

"我们有两年时间没见了，但我还很喜欢你，满心为你祝福。我娶了一个完全不喜欢的姑娘，她也不喜欢我。父亲坚持要我们成婚，而我不能反抗父亲的意志。你是了解的，我们哈萨克人都是严格遵守父亲意志的。现在的我像是在监狱里，虽然我什么都不缺。我讨厌每个人，从陌生人到亲生父亲。我曾经试图忘记你，想要把你从我的脑海中抹去，但我并没能做到。

"我是一个胆小鬼，一直活在别人的意志中，因为我没能试图回到你的身边，没能向你寻求谅解，我害怕你的目光。现在你应该已经看到，那时的我很害怕见到你。

"写这封信时,我满怀希望,希望你能够原谅我,不然我一生都不会安宁。如果可以,希望你原谅我。我爱你。最爱你的阿斯卡尔。"

10

那一晚我什么都不想做,不想见任何人。只是进行了简单的梳洗就入睡了。

11

天上飘着蒙蒙细雨,天空被黑色的乌云笼罩着。废旧的花园中只有一栋孤独的灰色小房子。小房子的窗边可以看到海,那里有一张木床,床上躺着孤独的我。

从海上飘来了强风,形成了极高的海浪,几乎要把整个房子吞没。天空中电闪雷鸣,一个穿着黑色风衣的人进入了房间。我从床上坐起来,认出了他,是阿斯卡尔来了。他慢慢地走近,尽力不看我的眼睛。然而他不小心跌倒在我的脚上。我将自己的身体接触到他冰冷的身体,用无望的眼睛看着他,看到了他呆滞的目光和无尽的忧郁。

那时的我并不痛苦,我说:"我原谅你了,我还像原来一样爱你。你一定不要再痛苦了,安静地走吧。"

他站起身,平静地离开了。雨停了,阳光又绽放自己的光芒。从小房子的这一端到海的另一端形成了一道彩虹,彩虹桥上有一个骑着白马的黑色骑士,他沿着彩虹桥走得越来越高,离我也越来越远,不久就变成了一个小黑点。

忽然不知从何方飘来黑色的乌云,笼罩住了太阳,之后刮起了强风,下起了冰雹。

我睡醒之后看着窗外,真的下着冰雹。广播中播放着天气预报，说是雨会下一整天。

12

我看着她忧伤的眼睛告诉她我该离开了。她什么也没有说，只是走到窗边，点了点头表示同意我离开。我尽量小心地关上门，很快来到大街上。我没有带伞，也没有带外套。一边走一边想："只是一件很奇特的事情，彩虹上没有什么黑色骑士，也没有什么白马，这一切都只是她的幻想而已，她只不过是做了一个梦，并深深地陷入了自己的梦中。"

我哼着披头士乐队的旋律，往回走去。

1994 年 5 月

编者注：一般阿拉木图的姑娘在比较正式的场合譬如节日的时候、去做客、去剧院等会穿白色的衣服，所以当"我"看到她穿上白色衣服时，以为自己来得不是时候。

июнь

—

РОКОВАЯ ЛАМПА АДЖИ БУТИ

Фауст: Кто это там?

Мефистофель: Знать хочешь кто она?

Всмотрись: Лилит.

Фауст: Кто?

Мефистофель: Первая жена Адама. Берегись косы её касаться:

Коса – её единственный убор.

Кого она коснется, тот с тех пор

Прикован к ней, не может с ней расстаться.

Иоганн Гёте

В далекой и очень жаркой стране Джибути жил гончар по имени Аджи Бути. Он не был ни богачом, ни бедняком. Как и у всех жителей, у него была собственная крыша над головой, которая досталась ему от родителей, красавица жена, которая вскоре должна была родить ему сына, и ремесло, которое переходило от деда к отцу, от отца к сыну.

Когда его отец Хаджи Бути стал очень старым и смерть позвала его в свои объятия, он, как и все честные джибутийцы, подозвал к себе сына и завещал ему три вещи: дом отца, ремесло деда и лампу предков. Я хотел бы поподробнее рассказать Вам о последней вещи, ибо она является главной темой этого рассказа.

Старая лампа Хаджи Бути не представляла из себя ничего особенного. Это был обыкновенный уличный фонарь, которым джибутийцы пользуются ночью, чтобы не споткнуться впотьмах. Но для рода Бути это был особенный фонарь: на нем были отчеканены все имена предков Бути, и он служил хранителем не только тепла и света, но и счастья всего рода. Лампа передавалась по наследству только тому, кто рождался во время цветения священного дерева Алоэ. Хаджи и Аджи Бути как раз и были этими счастливейшими джибутийцами. После того, как Хаджи Бути отчеканил имя сына на лампе, он завещал ему сделать то же самое, когда родится его сын.

Кстати, что примечательно, в роду Бути рождались только мальчики. Это придавало особый вес и авторитет роду во всей округе. Многие мечтали выдать своих дочерей замуж за представителей рода, а они в свою очередь имели возможность выбирать себе в жены самых красивых и достойных девушек.

Каждый год в начале весны, когда лепестки деревьев Алоэ только начинают пробивать себе дорогу к свету, в городе проводилась ярмарка, куда стекались продавцы и покупатели, мошенники и ротозеи, маги разных мастей и простые смертные. В один из таких дней Аджи отправился на ярмарку продавать свои гончарные изделия. Дома осталась его жена, которая ждала от него ребенка – очередного наследника династийной лампы.

Море ласково касалось своими волнами золотых песчаных берегов Джибути. Вдалеке виднелся белый парус какого-то торгового судна. Солнце было еще невысоко, но на базаре люди за прилавками уже бойко вели торговлю. В людской толпе смешались все звуки, которые только способен воспроизвести человек. Между арабом и негром шел спор, рядом француз пытался купить за бесценок бивень слона, немного поодаль мальчик в зеленых штанишках зазывал всех отведать местное блюдо. Все спешили поскорее избавиться от своих товаров до полудня, так как в это время лопоухие покупатели и пучеглазые ротозеи пытаются укрыться в тени от раскаленного солнца, и торговля сбивается с ритма.

Но в этот относительно прохладный весенний день у Аджи все ладилось. Из тридцати горшков, которые он привез на продажу, тринадцать были выгодно распроданы. Он был уверен, что до обеда продаст все остальные.

Когда солнце окончательно взошло на трон, Аджи начал сворачивать торговлю, чтобы спрятаться от жары, как вдруг к нему подошел чужестранец, одетый во все белое.

- Постой, добрый человек, - обратился он к гончару. – Позволь мне спросить, не ты ли Аджи, сын почтенного Хаджи Бути?

- Я. А откуда тебе известно мое имя? – спросил в ответ Аджи.

- О! Кому не известно имя потомков славного рода Бути, дарящего миру достойных сыновей! – воскликнул белый странник. – Я пришел из далекой страны по велению моего Господина, чтобы предложить тебе совершить сделку. Хочешь выслушать мое предложение?

Аджи кивнул головой в знак согласия.

- Мой Господин сказал мне, что после того, как расцветет священное дерево Алоэ, у тебя родится сын. Также он просил передать тебе, не желаешь ли ты, о Аджи, сын почтенного Хаджи Бути, взамен на вечное покровительство моего Господина над твоим сыном отдать ему вашу династийную лампу.

Гончар не знал, как ему поступить. Он не мог понять, кто стоит перед ним, волшебник или просто сумасшедший. Но его добрые глаза, аккуратное лицо и ослепительно белая одежда отогнали в сторону беспокойные мысли. Одновременно радость от хорошей вести про рождение сына, услышанная из уст неизвестного ему доселе человека вселило в его сердце спокойствие. Он мысленно представил образ своего покойного отца и подумал, как бы он поступил на его месте. И сердце подсказало ему: «Доверься этому страннику и отдай ему лампу».

Лампа стояла под прилавком, ее Аджи всегда брал с собой, веря, что она приносит удачу. Аджи протянул к ней руку, как вдруг с левой от него стороны появился человек высокого роста. С виду он тоже казался чужестранцем. Несмотря на знойный день, он был одет в черную одежду. Широко улыбнувшись, черный странник воскликнул:

- О, Аджи! Как долго я искал тебя! Я знал, что стоит мне только увидеть твое лицо, я сразу узнаю тебя!

Удивленный гончар застыл, крепко сжимая лампу в руках.

- Кто ты? – только и мог вымолвить Аджи.

Новоявленный странник, не дав опомниться, рассказал ему престранную историю об их дальнем родстве. Он так трогательно говорил, что у Аджи невольно навернулись слезы.

- Брат мой… - прошептал Аджи. – Где ты был и чем ты занимаешься сейчас?

- Я служу купцом у одного господина. Разъезжаю по многим странам и ищу для него подходящий товар. Кстати, известно ли тебе что-нибудь о династийной лампе рода Бути?

- Как же! – воскликнул Аджи. – Вот же она!

Он протянул лампу человеку в черном. И тут белый странник, все это время находившийся от него по правую сторону, преградил рукой попытку черного купца прикоснуться к лампе. Он посмотрел на гончара и сказал:

- О, Аджи, ведь сделка уже состоялась. В придачу я предлагаю тебе множество книг, среди которых есть одна, с ее помощью ты добьешься больших успехов.

Аджи замялся. Ему захотелось поскорее закончить этот странный торг и вернуться домой, но что-то не отпускало его.

- Послушай, - вмешался черный купец. – Вот, возьми этот мешочек серебра, а лампу отдай мне. Я не хочу, чтобы тебя одурачили. Этих денег тебе хватит на покупку стольких книг, что внуки твоих внуков не перечитают их за всю жизнь.

Он раскрыл мешочек и серебро заиграло под лучами яркого солнца. Блеск монет больно ударил в глаза гончара. Аджи посмотрел на белого странника, который вытащил что-то из кармана. Когда он раскрыл ладонь, Аджи замер от удивления. Черный купец отвернулся и закрыл глаза руками.

- Это – самая дорогая жемчужина на свете. Ее мне дал мой Господин. Никакие драгоценности в мире не сравняться с ней. Ее нельзя ни купить, ни продать. Ее можно только дарить. И тот, кто обладает ею – поистине самый счастливый человек. Я хочу подарить тебе эту жемчужину, а взамен прошу твою лампу. Но отдать ее нужно по доброй воле. Без чистых намерений моя жемчужина и твоя лампа потеряют свою силу.

Аджи протянул лампу белому страннику, как вдруг черный купец схватил правую руку гончара, которая держала лампу, и бойко заговорил, предложив ему другой мешочек.

- Здесь гораздо больше денег, чем я предлагал тебе прежде. Посмотри! – купец раскрыл мешочек и показал груду золотых монет. – Этого тебе хватит до скончания веков. Ты и не в состоянии будешь их все потратить. Послушай, какой прок тебе от жемчужины, которую нельзя ни купить, ни продать? Чем и как ты будешь кормить семью? Возьми лучше деньги. Вот где источник счастья! Не верь сказкам! Неужели твоя лампа оценена в одну жемчужину! В то время как я, твой родственник, предлагаю тебе настоящую цену!

Аджи посмотрел на переливающиеся блеском монеты. Никогда еще ему, простому гончару, не доводилось видеть столько золота. Слова черного купца показались ему правильными.

«И вправду, зачем мне эта жемчужина», - подумал он про себя. «А вдруг этот белый странник на самом деле мошенник. Ищи его потом. А этот человек предлагает мне реальные деньги». «Правильно, правильно», - как бы читая мысли Аджи, кивал ему черный купец.

Белый странник сурово посмотрел в глаза гончара. Аджи показалось, что оба они видят его насквозь, и ему сразу стало не по себе. Гончар собрал всю свою волю и только решил было отказать обоим в сделке, как черный хлопнув себя по лбу, воскликнул:

- Ах, как же я мог забыть?!

Он обернулся и кого-то позвал. И тут к нему подошла девушка пятнадцати-шестнадцати лет, одетая в черную паранджу.

- Эту наложницу я дарю тебе, как брат брату. Во всем Джибути не найдешь девушки красивей.

Купец подвел наложницу к Аджи. Бедный гончар совсем потерял голову. Деньги, богатый родственник, наложница… Все смешалось в его голове.

Аджи взглянул на девушку. Ее томный взгляд буквально сводил его с ума. В печальных глазах наложницы он увидел просьбу не отказывать брату. Хотя Аджи не был богат, все эти драгоценности и деньги были не так уж важны для него. Он мог отказать купцу, но… этим глазам, в которые он уже боялся смотреть прямо, он отказать был не в силах. Ради нее даже самое невозможное казалось ему возможным, ради нее он готов был пожертвовать своей жизнью. И он согласился отдать лампу черному страннику.

На базаре уже никого не было. Быстро разбогатевший гончар и его красавица-наложница направились домой. Когда они приблизились, то увидели столпившихся возле дома женщин. Аджи велел наложнице войти в одну из комнат и не выходить, пока он ее не позовет, а сам направился к толпе. Одна из старух, завидев приближающегося Аджи, громко зарыдала и начала причитать. Тревога и страх овладели сердцем гончара.

- Что случилось?! – не своим голосом закричал он.

- Крепись, Аджи. Твоя жена умерла при родах, - ответили ему женщины.

- А сын? Где он? С ним все хорошо? – наперебой спрашивал гончар.

Толпа на миг утихла, а затем то одна, то другая из женщин стали прискорбно плакать.

- Ребенок родился мертвым.

Аджи выронил из рук мешок с золотыми монетами. Как тяжелый камень ударился он оземь. Из него выскочили черные крысы и устремились в сторону столпившихся людей, забегая в дом. Женщины с визгом бросились бежать в разные стороны. Среди шума и визга послышался охрипший голос одной из старух:

- Ребенок… Спасите ребенка…

Она указал пальцем на большую крысу, держащую в зубах мертвого младенца. Стоящий до этого как вкопанный обезумевший от горя Аджи кинулся за крысой, которая забежала в дом. Когда он вбежал за ней, то в дверях столкнулся с наложницей, которая сняла с себя паранджу и накинула на него. Гончар запутался в парандже, но когда он сбросил ее с себя, его ждал другой кошмар. Девушка, которой было пятнадцать лет, в чью красоту он был влюблен, превратилась в старую ведьму с прокаженным лицом. Она стояла перед ним, преграждая ему путь, и смеялась сумасшедшим смехом. Аджи хотел оттолкнуть ее и войти в дом, как вдруг из комнат стали выбегать крысы. Холодные и до мерзости гладкие тела крыс то и дело задевали его ноги. Когда дом опустел, Аджи вошел внутрь. Старухи уже не было. В углу комнаты он обнаружил изуродованное маленькое тельце мальчика. Дикий душераздирающий крик отчаяния, беспомощности и полного одиночества раздался из разбитого сердца Аджи. Он выбежал из дома в сторону моря…

Июнь 1995 года

иллюстрация : Нурлан Аккошкаров

插画：罗光明

六月

一 阿吉布提的致命灯

浮士德：到底那人是谁？

靡非斯陀：仔细看看！那是黎莉蒂。

浮士德：是谁？

靡非斯陀：亚当的前妻。

请你注意她那美丽的头发，和那唯一无二的装饰。

她要是借此勾引上了青年，决不轻易将他放弃。

——约翰·歌德《浮士德》

在遥远炎热的国度吉布提，生活着一个名为阿吉布提的陶工。他并不富裕，但也不贫穷。就像所有的居民一样，他有自己的一片天地。这片天地是父母赐予的，他还有一个美丽的妻子，妻子即将为他生下孩子，而工艺品制作手艺是从父亲那里继承来的，这门技艺在他们家族中代代相传。

当父亲哈吉布提变得老态龙钟时，他感知到死神的召唤。就像所有诚实的吉布提人一样，他把自己的儿子叫到身边，留给他三样东西：父亲的房子、工艺品制作手艺和祖传灯。我想向您详细讲述一下最后一件器物，并让它作为我们这个故事的主题。

哈吉布提老旧的灯并没有什么与众不同。这是一个每条普通路上都会挂着的灯笼，吉布提人通常会在晚上打开这些灯，以免在黑暗中被绊倒。但对于布提家来说这是个很特殊的灯笼，灯笼上记录着布提家族所有先人的名字。这样，灯笼不仅仅是温暖和光明的守护者，还是幸福的守护者。只有在神圣芦荟树绽放时出生的人，才能够继承祖传灯。哈吉布提和阿吉布提刚好就是这样最幸运的吉布提人。哈吉布提将儿子的姓名印在灯笼上后，嘱咐儿子在孙子出生的时候也要这样做。

顺便说一下，奇特的是，出生在布提家的都是男孩。这就赐予这个家族在整个地区一种特殊的权利和威望。许多人梦想着将自己的女儿嫁给布提的后代，而布提家族的男人又有机会选择最美丽、最值得的女孩为妻。

每年开春，当芦荟树的花瓣含苞欲放时，城中集市也开始了。集市上充斥着卖家和买家、骗子和看热闹的人，各种各样的魔术师和普通人也都聚集在这里。春日里的某一天,阿吉布提去集市上卖陶器。家中只剩下他待产的妻子,他们的孩子(祖传灯的下一任继承人)即将降生。

红海以蓝色的海浪轻柔地拍打着吉布提的黄色沙滩。远处可以看到商队的白色船帆。太阳刚刚升起,但是在集市上,人们已经开始了交易。人声喧嚷,一片繁忙。阿拉伯人和黑人起了争执,许多法国人试图以非常便宜的价格买到象牙,远处一些穿绿色短裤的男孩子招呼人们去尝一尝地方菜……所有人都想在中午之前卖掉自己的商品,因为到了中午,顾客和卖家都会想办法到荫地里去躲避炽热阳光,交易会变得仓促。

相对而言,这一天还算凉爽。阿吉的一切事情也很顺利。他一共带了三十个罐子准备售卖,已经卖掉了十三个。阿吉坚信,在午饭之前,他可以卖掉所有剩下的罐子。

阳光越来越强烈，为了躲避炎热，阿吉开始收拾自己的摊位。这时一个身着白衣的陌生人走近他。

"年轻人，站住！"陌生人问阿吉布提，"请允许我问一个问题，请问你是不是令人敬重的哈吉布提老人的儿子？"

"是呀，我就是，你从哪里知道的我的名字？"阿吉回答。

"哎呀！谁不知道名门布提家族的后人呢？布提家族的后人都是对社会有用的人呀！"身着白衣的陌生人说道，"我听从我主人的指示，从遥远的国度来到这里，希望能和你进行交易。你愿意听听我的想法吗？"

阿吉点点头。

"我的主人和我说，当神圣的芦荟树开花时，你的儿子就会出生。他让我向您转达，作为哈吉布提之子，不管你愿不愿意,为了使你的儿子得到主人永久的庇护,你需要将祖传灯交给我的主人。"

阿吉布提(手工匠)不知道自己该做什么。他怎么也想不明白站在自己面前的是谁,是魔术师还是仅仅是一个疯子。但是他善良的眼睛、整洁的面庞和好看的白色服装都使阿吉布提将不安的思想抛到脑后。从陌生人口中得知的好消息既使他兴奋,又使他的内心格外安宁。他心里想象着去世父亲的样子,想着父亲会如何回答。他的心听到父亲悄悄对他说:"相信这位老者,将祖传灯交给他。"

祖传灯就在摊位下面。阿吉总是将灯随身携带,因为他相信灯可以带来好运。阿吉用手拽出了灯。这时他的左侧突然出现了一个很高的人。从外貌上看他也是一个外地人。尽管天气开始变热,他依旧穿着黑色的外套。身着黑衣的外地人咧开嘴笑了,并激动地大声说道:"阿吉呀!我找了你好久呀!我知道,只要一看到你我就可以认出你来!"

阿吉布提受到了惊吓,他紧紧地将灯抓在手中。"你是谁?"阿吉只说了这一句话。

阿吉布提还没有回过神来,新出现的外地人就向他讲述了他们是远亲的传奇故事。外地人讲得如此感人,以至于阿吉布提的眼泪不由自主地流了下来。

阿吉布提轻声说道:"我的兄弟,你去了哪里?你现在做什么工作?"

"我在一位先生那里做采购商。我到过很多国家,为我的主人寻找合适的商品。顺便问一下,你知不知道关于布提家族祖传灯的事情?"

"当然知道!"阿吉激动地说,"这就是!"阿吉布提将灯递给身着黑色服装的人。

这时，身着白色衣服的异乡人站到阿吉布提的右侧，并试图阻止黑衣购买者触碰灯。他看着阿吉布提说："喂，阿吉，我们的交易发生在前呢，作为交换我会为你提供很多书，尤其其中有本书，你可以从中获益良多，也会因此获得成功。"

阿吉布提变得犹豫不决。他想快点结束这场奇怪的交易并回到家中。但是某些事儿不让他走。

"听着，"黑衣买主说，"这是一袋银子，我把它给你，你把灯给我吧，我不想骗你。我给你的这些钱能够买很多的书，这些书你孙子的孙子都读不完。"

他打开钱袋子，袋子里面的银子在阳光下闪烁着耀眼的光芒。这样的光使阿吉布提的眼睛感到刺痛。

阿吉布提转头看穿白色衣服的陌生人，他从衣兜里在拿什么东西。当他摊开手掌的时候，阿吉布提吃惊地愣住了。

身着黑色衣服的买主转过身来,用手捂上了双眼。

"这是世界上最昂贵的珍珠,我的主人将它赐给了我。世界上没有任何珠宝能够和它媲美。这颗珍珠不能被买卖,它只能被赠送。而拥有它的人将会成为世界上最幸福的人。我想把这颗珍珠送给你,作为交换,请求您把灯给我。当然您应当自愿把灯送给我,因为,失去纯洁的意愿,我的珍珠和你的灯,都会失去它们原有的力量。"

阿吉布提正要把灯递给白衣买主,这时,黑衣买主抓住了阿吉布提的右手,当时他右手拿着灯。黑衣买主滔滔不绝地说着话,同时给了阿吉布提另外一个钱袋子。

"这个袋子里的钱比我刚才给你的还要多。看一看吧!"黑衣商人打开钱袋,向阿吉布提展示一大堆金币,"这些钱够你花到世纪末了。当然你也不可能把它们全部花掉。听着,你要这样一颗珍珠做什么呢?这颗珍珠不能买卖呀。到时候你靠什么养家？最好还是拿走这些钱吧，这才是幸福的源泉呀！不要相信童话！难道你的灯仅仅值一颗珍珠吗？我才是你的亲人，给你的才是真正的价格！"

阿吉布提看着闪闪发光的金币。像他这样一个普通的陶器匠也许永远都没机会见到这么多的金子。黑衣人说的话在他看来似乎是正确的。

"对呀,我要珍珠有什么用呢？"阿吉布提暗自思忖,"万一这个穿白衣服的买主是个骗子呢？之后再找他吧。另一个人为我提供了真正的钱呀！对，就是这样。"

黑衣买主好像读懂了阿吉布提的思想，向他点头示意。

白衣买主严肃地看着阿吉布提的眼睛。

阿吉布提觉得他们两个人似乎都把他看透了。这让他觉得很不自在。阿吉布提鼓足勇气，决定拒绝和两个人交易。

这时黑色衣着的买主大声喊道："哎呀，我怎么能忘了呢？"他拍了拍自己的额头并转过身，突然想起要叫某个人。一个披着黑色面纱、大约十五六岁的少女走近阿吉布提。"我把这个姑娘送给你，就像亲兄弟一样。在全吉布提你都找不到这么漂亮的姑娘。"

买主将姑娘送给阿吉布提。贫穷的阿吉布提完全被财富冲昏了头脑：金钱、富有的亲戚和姑娘等，所有这一切都在他的头脑中搅成一团。

阿吉打量着这个少女，她天然慵懒的眼神令他发狂。眼神里的忧郁又似乎在恳求他不要拒绝黑衣人。虽然阿吉布提并不很富裕，但这些宝石和金钱对他来说也并不是很重要。他完全可以拒绝买主，可姑娘忧郁的眼神令他不敢直视，这样的眼神让他没有办法拒绝。为了她他可以将不可能变为有可能,为了她他可以付出一切。因此他同意将灯交给黑衣买主。

集市上一个人都没有了。阿吉布提在很短的时间内变成了富人,他带着美丽的小情人回到家中。当他们走进家中时,看到家周围站着很多女人。阿吉带姑娘走进家里的一间房,并告诉她没有自己的允许她不能出来。而阿吉布提自己走进人群中。一个老人看到正在走近的阿吉布提,哭着并大声地尖叫。担忧和恐惧充斥了阿吉布提的心。

"发生了什么?!"阿吉布提用近乎不是自己的声音喊道。

"阿吉,你要坚强呀,你的妻子在生产的时候去世了。"一个女人回答。

"那孩子呢?孩子在哪里?孩子的身体健康吗?"阿吉布提抢着问道。

"孩子出生时已经死了。"

人群突然安静下来。一个女人开始哭泣，不久另一个女人又伤心地哭泣。

装满金币的钱袋从阿吉的手中滑落下来。就像沉重的石头一样，钱袋掉落在地板上。从钱袋里跑出很多黑色的老鼠，老鼠们纷纷跑向人群，跑进了房间。女人们都尖叫着跑了起来。在声音和尖叫声中，传来了一位老妇人的沙哑声音："孩子！救救孩子呀！"

她用手指指着一只大老鼠，大老鼠的口中有死去的婴儿。

发愣的阿吉从悲痛中苏醒过来，紧追着老鼠进入了屋内。他追着老鼠跑的过程中遇到了先前的少女，她摘掉了面纱，并把面纱扔给了阿吉。阿吉在面纱中迷失了方向，但当他从面纱中走出来时，等待他的是另一场噩梦。曾经十五岁的少女，令他一见钟情的姑娘，变成了一个年老的有麻风病脸庞的人。她站在阿吉布提面前，挡住了他的去路，发出了疯狂的笑声。阿吉想躲开这个女人以便进入屋内，这时老鼠们又从房间内跑了出来。老鼠冰冷又肥胖的身躯触碰到他的脚掌。房屋空了下来，阿吉进入屋内。屋里已经没有老人了。在屋内的角落里他发现了一个残破的小躯体。极度的悲伤、无助和孤独都从破碎的心中迸发出来。他跑出家门，跑向了海边……

1995 年 6 月 于阿拉木图

июль

—

RASPBERRY FIELDS FOREVER

Let me take you down,
'Cause I'm going to Strawberry fields.
Nothing is real
And nothing to get hung about …

——John Lennon

Это был самый обыкновенный летний день. Учеба в университете закончилась, и всем студентам предстояла обязательная летняя практика. Кто-то был вынужден ехать на картошку на целый месяц, кто-то решил стойко отбывать свою «трудовую повинность» на плодоконсервном комбинате, кто-то прозябал в душных университетских офисах, помогая преподавателям в работе приемной комиссии. Ну а кому-то повезло больше. Этими счастливчиками стали мы с другом – нас ждали необычайные приключения под названием «Малиновые поля навсегда».

С утра мы по своему обыкновению созвонились,

сверили часы и направились в университет, чтобы все разузнать насчет нашей летней трудовой практики. День ничего особенного не предвещал. На душе было тепло и спокойно.

До университетского кампуса каждый из нас добрался очень скоро и, поднявшись на третий этаж главного корпуса, мы встретились возле двери кабинета профсоюза студентов. Вскоре к нам присоединился и наш друг Габит. Мы втроем вошли в кабинет, где нас встретила девушка в красивом летнем платье - сарафане.

- О, мальчики, проходите, - приветствовала она нас веселым нежным голосом. – Сегодня у нас есть разнарядка по сбору малины на «Коктобе», так что вам очень повезло. Надо отработать всего лишь три дня вместо положенных тридцати. И мы зачтем вам прохождение практики, - сказала она, мило улыбаясь и протягивая нам листок с адресом «малиновой плантации».

Мы тоже улыбнулись в ответ, обрадовавшись новости, что не надо будет вкалывать целый месяц. К тому же слово «малина» поселила в душах молодых парней какое-то сладкое предвкушение. В голове заиграла приятная мелодия ливерпульской четверки: «Let me take you down, 'cause I'm going to…».

Так вот, получив свое счастливое распределение, мы вышли из здания и направились, как всегда, на второй этаж главного корпуса в буфет, чтобы за чашкой чая обсудить наши планы на завтра.

- Ребята, к сожалению, я не смогу поехать с вами на поле, так как завтра ко мне приезжает сестра из Тараза, я должен встретить её на вокзале, – сказал Габит, потягивая из чашки чай.

Мы переглянулись и невольно улыбнулись друг-другу, признавая свою беспомощность перед данным обстоятельством. Что ж, придется ехать вдвоем.

- Ну, ты хотя бы поддержи нас морально, – сострили мы, чтобы как-то обозначить причастность Габита к нашей предстоящей «тяжкой трудовой повинности».

После короткого разговора о лете, поле, малине, девушках и т.д. мы разошлись, договорившись встретиться утром в КазГУ возле автобусной остановки перед «негритянкой» (фото красивой темнокожей девушки украшало небольшой газетный киоск перед университетом и служило нам верным ориентиром).

Наутро мы встретились в назначенное время. Габит принес нам немного еды в пакете и свою гитару в качестве «компенсации» за то, что не сможет нам составить компанию. Поблагодарив друга за заботу и попрощавшись с ним, мы на машине профсоюза выехали в сторону Коктобе. Чтобы скрасить нашу дорогу, мы взяли гитару в руки и весело запели битловскую Strawberry Fields в собственной интерпретации:

«Let me take you down,

'Cause I'm going to

Raspberry fields.

Nothing is real

And nothing to get hung about

Raspberry fields forever…»

Путь к «малиновому раю» оказался неблизким. Старенькая машина долго поднималась в горы, ее двигатель то и дело ревел от напряжения. Но болтая о том и о сём, мы не заметили, как прибыли на наше поле. Водитель показал фронт нашей работы и сказал, что навестит нас завтра, привезет еды и воды, а пока предложил нам осмотреться и освоиться на местности, что мы с радостью и сделали.

Зелёная плантация раскинулась под голубым небом у подножья холма. Она располагалась высоко в горах, и на расстоянии 10-15 километров от нас не было ни души. Возле поля стояло несколько вагончиков, используемых сборщиками малинового урожая в качестве временного жилища. Мы зашли в один из них и обнаружили, что он практически пуст. На полу только лежала пара грязных матрацев. Мы поняли, что нам предстоит провести несколько дней в спартанских условиях.

После того, как водитель уехал, мы решили не спеша осмотреть наше поле деятельности. Чёткого трудового плана перед собой мы не ставили. Первым делом нашли возле вагончика спецовки и принадлежности для сбора малины. Это были пластмассовые баклажки на верёвочках, приспособленные для сбора мелких ягод и, конечно же, деревянные ящики, которые грудой лежали на краю поля.

Однако сразу приступать к работе как-то не хотелось. Забравшись по ящикам на крышу вагона, мы начали орать битловские шедевры и песни из собственного репертуара. Нам казалось, что мы выступаем перед миллионами зрителей на стадионе "Shea". Малиновые кусты аплодировали нам после каждой песни и мы, комментируя каждый номер, продолжали петь и петь…

There, there's a place where I can go
When I feel low, when I feel blue.
And it's my mind, And there's no time when I'm alone…

Через некоторое время нам надоело дурачиться. Мы спустились с импровизированной «сцены» и решили познакомиться поближе с зелёной "публикой". Какого же было наше удивление, когда двух городских парней увидеть спелые красные ягодки на ладонях малиновых стеблей, которые ожидали нас и глядели нам в рот. И мы пели и ели, ели и пели…

Наевшись досыта сладкой малиной, мы принялись за работу. Сбор малины оказался не совсем легким трудом. Мы успели собрать всего пару ящиков, как стало смеркаться. Под аплодисменты малиновой листвы красное солнце прощалось с нами до завтра.

Первый рабочий день прошел на удивление быстро. Мы решили немного отдохнуть и направились в вагончик. Как вдруг, откуда ни возьмись, на нашем поле появился мальчик лет десяти, который с любопытством разглядывал нас. Мы были не менее удивлены, так как были уверены, что кроме нас, в этих краях никого не было. В то же время было приятно осознавать, что здесь есть ни только малиновые, но и живые слушатели. Жаль, что наш концерт уже давно закончился.

Мы подозвали мальчика чтобы спросить, как он очутился в этих безлюдных местах. Оказалось, пацан был сыном местного фермера. Они с отцом жили в вагончике, расположенном недалеко от нашего поля.. Через какое-то время мы в сопровождении нашего нового маленького друга пошли знакомиться с «Малиновым хозяином».

Дядя Гриша встретил нас достаточно радушно. Он заметно оживился. Видимо, он давно не общался с людьми. В его серых глазах был заметен неподдельный интерес к гостям с «материка». Нам показалось, что он слышал наш концерт, а может даже и видел прямую трансляцию со «стадиона», поскольку он принял нас за музыкантов, а не работников по сбору малины.

Как полагается гостеприимному хозяину, дядя Гриша «накрыл поляну» и весь вечер произносил тосты в честь дорогих гостей из большого города. Мы не оставались в долгу и в ответ благодарили местного «губернатора Малинового края» за радушие.

Во время банкета дядя Гриша рассказывал различные истории из жизни. Мы заметили, что его голос очень напоминает голос одного дублёра, озвучивавшего в тот период практически все видеофильмы. Было особенно смешно, когда он именно тембром голоса озвучки произнес, глядя на мальчика:

- Закрой дверь, (не цензурная лексика), а то дует с улицы!

Мы смеялись весь вечер. В конце банкета, еще раз поблагодарив за угощение и интересно проведенное время, мы попрощались с полюбившимся нам хозяином поля и направились в свой вагончик по тропинке, освещаемой ярким лунным светом. Мы еще долго не могли уснуть, вспоминая забавные события прошедшего дня.

Как и обещало, солнце вернулось на следующий день. Мы проснулись около 10:00 часов утра. Лениво потягиваясь, мы вышли из душного вагона на улицу. Свежий горный воздух наполнил наши легкие. Мы решили немного поработать (все-таки мы для этого сюда приехали) до того, как с большой земли приедет машина с провиантом. Вооружившись своими баклажками, мы принялись собирать ягоды, при этом одним глазом поглядывая в сторону дороги. Но машины все не было и не было.

Уже после обеда, сильно проголодавшись, мы бросили свою работу и стали думать, чем бы подкрепиться. Мы решили найти пропитание своими силами и обошли местные окрестности. К нашему удивлению, недалеко от нашего поля мы обнаружили несколько кустов дикорастущей картошки. Непонятно было, как она там оказалась, ведь никто ее специально там не выращивал. Мы выкопали несколько картофелин подручными средствами, поблагодарив Небеса за дорогой подарок.

Также неподалеку мы увидели небольшой пруд. По сути, это была большая мутная лужа, где было по колено воды. Мы заметили, что в этой воде водится рыба. Вспомнив из какой-то телепередачи способы ловли рыбы без удочек и сетей, мы сняли с себя рубашки и стали зачерпывать ими воду. Почувствовав охотничью страсть, подогреваемую чувством голода, мы носились по этому водоему, распугав всю местную фауну. В итоге нам удалось-таки поймать две-три мелкие рыбешки.

Теперь это все надо было приготовить. Мы разожгли костер и побросали в угли картошку. Если с ней все было более-менее ясно, то с рыбой все обстояло гораздо сложнее. Ведь ни посуды, ни ножа у нас не было. Пришлось опять применить смекалку. Решили облепить рыбешек целиком глиной и запечь их у костра.

Но они были настолько мелкими, что полакомиться свежей рыбкой нам почти не удалось. Обожжённая глина намертво прилипла к рыбе. Расколов ее, мы выковыряли лишь небольшие кусочки мяса. Пришлось довольствоваться старым добрым картофелем.

Любой житель многоэтажки подтвердит, что печь картошку на костре для городского человека это не просто приготовление еды, это в своем роде общение с природой, которая будет в нём забытое чувство свободы. В этот вечер мы насладились этой свободой сполна. Никогда картошка не была такой вкусной для нас. Наблюдая как пламя, танцуя, окутывает дрова своим языком мы не спеша отправляли картофелины одну за другой в горящие угли, а наши лица и руки обдавались жарким дыханием костра. Дым под треск сухих веток выводил причудливые силуэты, и его жаркий запах призывал к спокойному и откровенному разговору. На душе было легко и спокойно. Время будто бы остановилось на мгновение и упустило нас из виду. Мы были предоставлены самим себе. Говорили обо всём и ни о чём.

Ночью мы решили не идти в душный вагон, а заночевать прямо под открытым небом, до конца вкусив прелесть девственной природы. Полная луна неспешно прогуливалась по безбрежному небу, которое было усыпано бриллиантами звёзд. Казалось, что протянув руку, можно было дотронуться до одной из них. Такое чудо трудно увидеть сквозь городские небоскребы, так как из-за неотложных дел, люди, по обыкновению, не поднимая головы копашатся в своих кабинетах под кондиционерами, а вечером после работы понуро плетутся домой к своим телевизорам и гаджетам. Городские «джунгли» из стекла и бетона под палящим июльским солнцем превращаются в одну большую сковороду, где жители пытаются укрыться в тени какого-нибудь здания и получить хоть какую-то прохладу. Лежа на спине и глядя на бездонное небо, мы полностью растворились в нём, благодаря судьбу за эти часы свободы и счастья. Вот так прошёл наш Второй день.

На следующее утро мы почувствовали, что настал «День Большого Бунта». Наотрез отказавшись выходить на поле, мы как североамериканские рабы с плантаций громко выражали свое возмущение рабовладельцами. Еще раз оглядев пустую горную дорогу, мы убедились, что нас попросту забыли в этих безлюдных местах. Два молодых студента оказались вдалеке от теплого уютного дома и три дня выживали в условиях дикой природы.

Так и не дождавшись гонца с большой земли, ближе к обеду мы решили спуститься с гор и вернуться к цивилизации. Вступив на безмятежный путь, мы начали наше пешее приключение длиною в 15 километров.

Теплый ветерок ласкал наши лица, как бы благословляя нас в дорогу. Голубое небо, глядя свысока на двух путников, указывало им маршрут. Через какое-то время за зелеными холмами показалось синее озеро, где купались местные жители и дети. Их радостный крик вселял в наши сердца оптимизм и надежду. Окружающие с интересом провожали взглядом двух молодых людей в грязной одежде и с гитарой наперевес.

Через несколько часов мы вышли на большую дорогу. За три диких дня каменные стены домов и асфальтная дорога казались нам диковинными. Мы приблизились к автобусной остановке, где стояли люди в модных одеждах. Мы по своему внешнему виду никак не гармонировали с этими прекрасными людьми, которые с опаской оглядывали нас с ног до головы.

Наконец большой автобус подъехал к остановке. Два путника вместе с другими красивыми пассажирами сели в автобус. Мотор зарычал и автобус, медленно набирая ход, всё дальше и дальше увозил друзей от Малинового края...

С тех пор прошли годы. Мы закончили университет и разъехались по разным городам. Но иногда при встрече друг с другом, затрагивая разговор о том студенческом лете и вспоминая те три дня, проведенные на Малиновой поляне, наши сердца начинают стучать в такт известной битловской песне с небольшой нашей поправкой:

Let me take you down,

'Cause I'm going to Raspberry fields.

Nothing is real

And nothing to get hung about

Raspberry fields forever...

Июль 1992 года

иллюстрация：Нурлан Аккошкаров 插画：罗光明

七月

一 永恒的山莓地

让我带你去,
因为我正前往草莓地,
一切皆幻,
没有什么值得牵挂,
唯有草莓地永恒……

　　　　　　——约翰·列侬

这个夏日一如往常。学校的学业暂且告一段落，大学生们即将参加暑期实践。有的会去土豆场待上整整一个月；有的选择在水果罐头企业履行"劳动义务"；有的决定留在闷热的学校办公室里浑噩度日，帮老师们处理接待事务；除此之外，还有一些人则更幸运一些：而我们恰好就是这些幸运儿——期待着一场名叫"永恒的山莓地"的奇遇。

一大早我们就习惯性地互通电话、校准手表，接着出发去学校，这一切都是为了让大家知道我们在做暑期劳动实践。这一天看起来并没有什么特别，我们的内心温暖而平静。

很快我们就到了学校，麻利地爬上主楼三楼，在学生会办公室门口碰头了。没过一会儿我们的朋友卡彼特也来会合了。我们一同走进办公室,一位穿着漂亮连衣裙的姑娘接待了我们。

"哦,孩子们,请进,"她对我们表示欢迎,声音温柔悦耳,"今天你们非常幸运,我们有发往'科克托别'[1]的拨货单。所以你们不用按之前的规定在那里劳动三十天了,现在只需三天就行。最后我们会评定你们实践合格。"她温柔地笑着说,然后递给我们一张写有"马林果种植园"字样的纸条。

我们也对其报以微笑,心里暗暗窃喜不用干 30 天活了。而且"马林果"这个词在年轻小伙的心中居然还引起一种莫名的甜蜜感。我们脑海里突然响起利物浦四人组那优美的旋律:"让我带你去,因为我正前往……"

---

1 科克托别:绿小山,在阿拉木图市旁边,乘坐缆车可以直达该小山的山顶,属于城市的旅游景点。

接到这个安排,我们都很开心,走出主楼,像往常一样去主教学楼二楼的小吃店,打算坐下来喝杯茶讨论一下明天的计划。

"朋友们,可惜我不能跟你们一起去种植园了,因为明天一位姐姐要从塔拉兹[2]过来,我得去火车站接她。"卡彼特说完,将一杯茶一饮而尽。

我们相互看了一眼,不由自主地对彼此笑了笑,暗自承认自己对这种情况的确无能为力。还能怎么办,只能两个人去了。

"哎,你哪怕给我们点精神支持啊,"我俩挖苦着说,想多多少少强调一下需要卡彼特参与我们接下来 "辛苦的劳动"。

---
2 塔拉兹:哈萨克斯坦南部古城。

我们简单聊了些关于夏天、种植园、马林果和姑娘们的话题，之后便分开了，约好明早在哈萨克斯坦阿里·法拉比国立大学"黑人女孩"（黑人女孩美丽的照片是学校门口报刊亭的装饰，也是我们固定的指向地标）前面的公交站见面。

一大早我们就如约相见了。卡彼特给我们带了些袋装食物，还有自己的吉他，以此对不能和我们一起组队劳动表示"补偿"。很感谢卡彼特的关心，之后我们便互相辞别，乘坐学生会的车奔赴科克托别。不想途中那么枯燥，我们便拿出吉他，按着自己的理解，对歌词稍微修改，唱起了披头士的《永远的草莓地》：

让我带你去，因为我正前往山莓地

一切皆幻，没有什么值得牵挂

只有山莓地永恒……

通往"马林果天堂"的路并不近。年头已久的客车沿着山路奋力攀爬着，发动机时不时就因紧张而狂乱嚎叫。一路上我们谈天说地，竟丝毫没意识到已经抵达目的地了。司机说明天再来看望我们，会给我们带点水和食物，他让我们先熟悉熟悉周围的环境，适应一下当地的状况，以便能开心地完成劳动。

蔚蓝的天空下，绿色平原于山脚处绵延开来。田野高高地坐落在山上，方圆 10—15 公里空无一人。田野旁有一些小车，工人们会把采集的马林果都放在车里。我们走到自己的小车旁，里面空空如也。田里放着一对褥垫，很脏。顿时我们明白了接下来几天都得在这种斯巴达式的艰苦条件下生活。

司机离开后，我们决定先看看园地的生产劳动。我们没有定出明确的劳动计划。第一件事只是在小车旁找到工作服和采集马林果时要戴的东西——用绳子系着的塑料小水壶，采集小浆果所用的木篮子成堆地散落在田地边上。

但是马上投入劳动对我们来说实在是有点儿难。把成筐的浆果放到车上后，我们开始了披头士杰作和自创歌曲的表演，感觉自己仿佛是在Shea体育馆面对着数百万名观众演奏。每曲演唱完毕，似乎马林果的茎叶都在为我们鼓掌。我们对每首歌曲都进行了点评，唱了又唱……

有一个我可以去的地方
当我感到忧郁，当我感到沮丧
它就在我的心中，
在那里我从未感到孤独忧伤（编者注）

过了一会儿嬉笑玩耍够了，我们便从"临时搭建"的舞台上下来，决定和这些绿色的"观众"进一步认识一下。多么令人惊奇啊，两个城里来的小伙子看着熟透了的红色浆果，它们曾期待着我们，仿佛正盯着我们的嘴唇看。我们吃了唱、唱了吃……吃饱了这些甜甜的马林果之后，我们又开始劳动。但采摘马林果完全不是个轻松活儿。我们才摘了两筐果子，天就已经黑了。伴着马林果叶子的掌声,落日的余晖向我们告别:明天见!

第一天过得惊人之快。我们走向小车决定稍微休息一下。突然,不知从哪儿冒出一个十岁左右的小男孩儿,好奇地盯着我们看。我们的惊讶程度丝毫不亚于他,因为这个角落除了我俩再没出现过其他人。此时我们高兴地意识到这里不仅有马林果观众,而且还有活的听众。只可惜我们的音乐会结束得太早了。

我们把小男孩叫到跟前,问他是怎么不知不觉地走到了这个杳无人烟的地方。原来他是农场主的儿子,和父亲生活在离我们宿营车不远的园地里。交谈一会儿后,我们就和这位新认识的小朋友一起去拜访马林果园地的主人。

格里沙伯伯非常热情地接待了我们。看得出来他已经很久没和生人来往过了,所以表现得很活跃。他灰色的眼睛里闪烁着对"大陆"来客实实在在的兴趣。我们觉得他仿佛听过我们的音乐会,甚至看过"体育馆"的现场直播,因为他把我们当音乐家来接待,而不是采摘马林果的普通工人。

热情好客的主人对我们以礼相待——格里沙伯伯摆了整桌的饭菜,一整晚他不是在敬酒就是在说祝酒词,以表达对大城市贵宾的敬意。我们也不想有所亏欠,真诚地对这位热情好客的马林果边区小长官表示感谢。

晚宴期间格里沙伯伯向我们讲述了生活中各种各样的故事。我们发现,他的声音好像电影配音员的声音,以前所有的电影都是他们来配音的。看到小男孩也用这个音色模仿配音时,我们都被他的反应逗乐了:

——快关门(非礼貌用语),否则风会从外面吹进来!

一整晚我们都很开心。晚宴最后我们再次感谢了园地主人，他的盛情款待让我们共同度过了一段美好时光。之后我们告别了这位幽默风趣的园地主人，伴着皎洁的月光，沿着小路返回了我们的宿营车。那晚我们久久不能入眠，一遍遍地回想着那天发生的趣事。

第二天早上，太阳照常升起。大约上午10点我们才醒，慵懒地伸了伸腰，然后从闷热的宿营车里出来。山上清新的空气滋润着我们的肺腑。

在答应给我们送食物的车辆到来之前，我们决定先干会儿活（毕竟这才是我们来这里的目的）。我们将采摘的浆果装满了塑料小水壶，并时不时地往路那边瞅瞅，却一直看不到任何车辆。

已是下午了，我俩早已饿得饥肠辘辘，于是我们丢掉手中的活儿想着吃点什么补充能量。随后，我们决定自食其力找点吃的。走遍了近郊，最后终于在离园地不远的地方找到了一些野生的土豆，我们顿时都很开心。不知道这里为什么会有土豆，毕竟没有人会专门在这种地方种土豆。我们用手头的工具挖了几个土豆，心里暗自感谢老天赐给我们如此贵重的礼物。

之后，我们还在不远处发现了一个小池塘。实际上就是一个浑浊的大水坑，及膝深。看到水里有鱼，我们就想起了之前在某个电视节目里看到过不用鱼钩和渔网的捕鱼方法，于是我们脱了衬衫开始徒手抓鱼。因为饥饿的刺激，我们身上散发着猎人的激情，我们在水里疾驰跳跃，吓得那些鱼四散开来。最终我们成功地抓到了两三条小鱼。

现在得把这些东西弄熟了。我们生了火，随手把土豆扔在角落里。如果说多多少少我们还知道土豆应该怎么弄，但是看着鱼就真的没辙了。毕竟我们一没器皿二没刀具。因此，不得不再想想其他法子了。最后我们商定用土把鱼裹起来放在火上烤。但是它们太灵活了，如此，我们便无法享受这新鲜的美味了。鱼身上粘满了黏土，我们费劲地把土剥掉，却也只剔出来了几小块肉。最终还是不得不从古老善良的土豆那里得到满足。

凡是住在高楼里的居民都笃定，一个城里人在篝火上烤土豆不仅是在与大自然交流，而且根本上来说是自由的象征。这晚我们充分享受到了这种自由。从未觉得土豆如此美味。我们围着柴火，不慌不忙地把土豆一个接一个放在火上烤，火焰跳动着，烘烤映照着我们的脸和手。干树枝噼啪作响，烟雾描绘出别出心裁的奇特剪影，在这热烈氛围的感染下，我们敞开心扉，惬意地畅谈。时间仿佛静止了，那一刻，我们撕下伪装，袒露真我，内心无限自由而宁静。

晚上，我们不准备回那个闷热的宿营车了，打算就这样露天过一宿，尽情感受大自然纯洁天然的魅力。繁星点点、无边无际的夜空中，皎洁的明月在悠闲地散步，我们仿佛伸手就能够着星星。这般奇迹,在城市里是完全见不到的。在那里,人们终日只为自己的事繁忙奔波,酷热的白天,他们更愿意坐在办公室里吹着凉爽的空调,而晚上则匆忙赶回家扑向电视。玻璃和混凝土组成的城市——这个"热带雨林",在七月的似火骄阳里已然变成了一个大蒸炉,那里的人们竭力想躲在某个建筑物的阴凉处,或者暂且得到一丝哪怕是人造的凉爽。

而我们,躺在地上看着深邃的苍穹,和它彻底融为一体。

感谢命运赠予我们的自由和幸福。就这样,我们度过了第二天。

次日清晨,我们已经预感到了"大暴动日"的来临。我们就好像北美种植园的奴隶,对雇主们充满了愤怒,断然拒绝去浆果地。再次打量着空荡荡的山路,我们确信这个地方一定不会记得我们来过。两个年轻大学生不远万里,从温暖舒适的家来到这里,在如此艰苦的自然条件下熬过了三天。

快到午饭时间时,我们没再等大道上的信使,决定自己下山返回。在静谧的山路上,我们开始了长达 15 公里的徒步旅行。

温热的风轻拂我们的脸庞,仿佛是在鼓励我们踏上征程。蔚蓝的天空从高处投来赞许的目光,为两位徒步者指明道路。过了一会儿,绿色的山丘之后浮现出蓝色的湖泊,一些当地居民和孩子在那里游泳。他们欢乐的叫喊声唤起了徒步者们心中的乐观和希望。周围的人用目光送别这两位穿着脏衣服又抱着重吉他的年轻人。

几个小时之后,我们走到了大路上。在荒山野地生活了几天,我们竟觉得石头墙和柏油路有些陌生。走近公交车站,发现那儿的人都穿着时髦,我们两个野人无论如何也不能和这些时髦佳人协调一致,而他们则恐惧地上下打量着我们。

最终公交车靠近站牌，两个徒步者和其他漂亮的乘客一起坐上了车。发动机轰鸣，车慢慢地蓄力，继而载着朋友们驶离马林果园，越来越远。

自那时已经过去数载年华。大学毕业后，我们也散在了城市的各个角落。相聚之时，我们会聊起那些大学时光，回忆起在马林果园的那三天，每每想起，心就开始在披头士名曲的节奏下跳动，唱起我们微微改动过的那首歌曲：

让我带你去，

因为我正前往山莓地，

一切皆幻，

没有什么值得逗留，

只有山莓地永恒……

1992 年 7 月　于阿拉木图

август

—

СОЛНЦЕ И ЛУНА

[编者注]：披头士的歌《There's a Place》中的歌词。

Луна знает,

что Солнце делает Землю такой прекрасной...

Был серый, пасмурный день. Ему в этот день никуда не хотелось идти и никому не хотелось звонить. Вдруг зазвонил telephone. Он встал и быстрыми шагами направился к нему. В голове у него уже вертелась только одна мысль – это звонит она. Тут же он мысленно представил себе ее образ: стоящую у окна девушку с черными волосами, белой чистой кожей и ясными добрыми глазами... И почему-то ему казалось, что она также как и он любит носить водолазку черного цвета в осеннюю пору.

Он поднял трубку так нежно, как если бы это была ее рука. Он был уверен на все сто, что услышит именно ее ни на чей не похожий голос... Может его надежда была так велика и рассеивала его сомнения или же внутреннее чутье подсказывало, что будет так и никак иначе, но в мыслях он уже был с ней.

- Алло, - сказал он охрипшим от долгой тишины голосом.

- Ты знаешь, я почему-то о тебе подумала и решила позвонить, - сказала она так, как будто сказала это за кого-то другого.

- Да?! Странно... Оказывается, есть еще на свете люди, думающие об одиноких, - захотел он сострить, но почувствовал сильный поток энергии откуда-то извне, что остановило его, и он как сам не свой шепотом сказал:

- Я думал о тебе весь день.

Она будто ждала этой фразы и задала ему вопрос-ответ:

- А почему бы нам не быть вместе?! Скажи, ведь быть вместе каких-то шестьдесят-семьдесят лет это же так мало, правда?

- Нет, - сказал он. - Ты немного сбилась со счета. Нам предстоит вечно быть вместе. Это необходимо и тебе, и мне, ибо я живу и питаюсь твоим присутствием. Мне достаточно того, что ты есть и живешь на этой круглой земле. Но я порой боюсь тебя, потому что ты похожа на Солнце, которое дарит тепло и нет без него жизни на этой грешной Земле. Но иногда от него все горит и превращается в пепел при малейшем прикосновении его лучей. От солнца много неудобств и страданий для живых существ...

Его рассуждения вообще удивляли многих. Не стала исключением и она. Он сравнил ее с солнцем, которое несет в себе источник тепла, света и жизни, и одновременно является причиной великих бед и страданий для всего живого. Он любил Солнце, но боялся сгореть от него, потому как сам себя он уподобил Земле. Он понял, что ему нужна Луна ...

Вечно молчаливая и холодная, застенчивая и загадочная, она, похоже наблюдая за Землей, ни на шаг не отходит от нее. Порой кажется, что Луна ревнует Землю к Солнцу и иногда встает между ними, пытаясь спрятать солнечный диск от земного взора. Но у нее не хватает духа и сил что-либо изменить. И ей ничего не сделать против огромного Солнца! Потому что только благодаря Солнцу Земля может любоваться бледным ликом Луны. Не будь Солнца, то не быть Земле такой изящной и ослепительно красивой, что у самого Солнца иногда просыпаются чувства любви к ней.

Солнцу неведомы чувства зависти и страха, оттого оно всесильно и ярко. Луна же напротив боязлива и очень застенчива, потому-то и она предпочитает прятаться от Солнца за спиной Земли, постепенно высыхая от ярой ненависти и зависти к нему. Луна знает, что именно Солнце делает Землю такой прекрасной, поэтому она ни на шаг не отступает от Земли, вставая между ними как отчаянная соперница... Ее зависть так велика, что на ее бледном лице выступили пятна. Говорят, что и на Солнце есть пятна, но это наверно от вечного ожидания и непонятной печали.

P.S: Мир и Покой мы возьмем с собой!

Август 1993 года

иллюстрация : Нуран Аккошкаров　　　插画：罗光明

八月

一

太阳和月亮

月亮知道,
太阳使地球如此美丽……

那天天空灰暗，阴云密布。他哪儿都不想去，也不想打电话给别人。突然，他的电话响了起来，他赶忙站起身飞奔到电话旁。他的脑海里有一个念头在盘旋着且盘旋在他脑海中的只有一个念头：这一定是她打来的。他的脑海中浮现出她的倩影：一个姑娘站在窗前，黑发如瀑，肤如凝脂，双眼格外明亮……不知为何，他莫名地觉得姑娘应该也和他一样，喜欢在秋日里穿上黑色的高领毛衣。

他忐忑地拿起电话听筒，小心得就像是挽起了姑娘的手一样。他坚信，马上要听到的一定是姑娘那与众不同、独一无二的嗓音……也许是他内心的笃信消解了自己的疑虑，也许是内心的直觉告诉他不会有第二种可能，不管怎么说，在他的想法里,他俩已经在一起了。

"嗨,"男孩对着话筒说。半天没说话的他嗓音有些嘶哑。

"知道吗,我不知为什么突然想起了你,就给你打个电话。"她的语气就好像在为别人说话一样。

嗯?!奇怪……看来世上还有人惦记孤独的人啊。他打心底里想挖苦一下,却又不知被什么强大的力量堵住了嘴一样,用完全不似他自己的声音低声道:"我脑子里一整天都是你。"

她像一直在等这句话一样,立刻接着问道:"那我们为什么不在一起?!你说啊,在一起六七十年太短了,不是吗?"

"不,"他说,"你说错了。我们会永远在一起的,你和我都不能离开彼此,你就是我赖以生存的给养。你存在着,生活在这座星球上,我就很满足了。但我有时会害怕你,因为你像极了太阳。太阳在远方播撒光热,没有了太阳,这可怜的星球上就不再会有生命。但倘若人类靠得太近,也会被它的光芒灼成灰烬。有时太阳会为世间万物带来许多灾难和痛苦……"

很多人听了这样一番话都会难为情,她也不例外。他把她比做太阳——既是光和热的源泉、是生命的起点,也是带给万物痛苦和灾难的祸首。他把自己比作地球——爱太阳,却害怕被它灼伤。他很清楚,他需要的是月亮……

月亮永远都羞怯寡言,清冷而又难以捉摸。她永远都形影不离地跟随着地球。有时月亮似乎因地球和太阳要好而吃醋,可她没有足够的力量和心气儿去改变这一切。她不可以反抗太阳!如果没有太阳,地球就无法欣赏到月亮皎白的面容;如果没有太阳,地球也不会有连太阳有时都会为之萌生爱意的动人俊美了。

太阳无限光明又无所不能，不懂嫉妒和恐惧的感受。月亮却正相反，她胆怯又害羞，因此总是满心妒恨地在地球身后躲着太阳。月亮知道，是太阳让地球如此美丽，因此她只能永远紧紧地跟着地球旋转，如同一个绝望的竞争对手一样站在地球和太阳的中间……她的嫉妒是如此强烈，以至于苍白的脸庞上出现了许多斑点。可据说太阳的面庞上也有泪痕点点，而这，也许是因为无尽的等待和无人理解的悲伤。

1993 年 8 月

PS：和平与安宁是我们的祈愿。

сентябрь

—

СОВА

О чем Элизабет не жалела, было то, что теперь она могла подняться в небо и любоваться сверху красотой земли...

... В гостинице «Астория» вот уже две недели нет света. Причина – задолженность за прошлые месяцы.

Гостиница располагалась на опушке чёрного леса вдали от маленькой деревеньки под названием Эбони. Единственной достопримечательностью этой местности и был чёрный лес. Когда люди заходили туда днем, все в один голос утверждали, что там темно и прохладно, как ночью.

Хозяин «Астории» мистер Бруа, уже достаточно пожилой человек, ничем не отличался от других жителей Эбони. Он был, а точнее стал очень безалаберным из-за отсутствия клиентов. Бруа забросил все дела гостиницы и относился к ним кое-как. Редкие посетители приходили сюда либо чтобы переждать дождь, либо чтобы полюбоваться видом черного леса. Единственной прислугой в гостинице была дочь Бруа – Элизабет.

И вот в один из обычных дождливых дней дверь гостиницы распахнулась порывом сильного ветра, и в нее вошел человек с черным чемоданом в руке. Элизабет подбежала к гостю и пригласила его пройти внутрь. По настоянию клиента она разместила его в одну из комнат на втором этаже в западной части дома. Каждое утро Элизабет должна была приносить гостю свежее постельное белье и black tea..

На следующий день утром она поднялась к гостю и постучала в дверь, но, не дождавшись ответа, по обыкновению вошла в комнату. Перед ее глазами возникла страшная картина: на столе лежала куча задушенных мышей, которые еще дышали, но уже не могли двигаться. За столом сидел новый жилец. Быстро прикрыв «кучу» газетой, а лицо черным плащом, он буквально вырвал из рук Элизабет свежевыстиранное бельё и вытолкнул ее за дверь. Она только успела бросить мимолетный взор на постояльца и увидела лишь его жёлтые, усталые глаза, от которых исходили холод и одиночество…

Обычно жильцы гостиницы спускались в буфет на первом этаже позавтракать или пообедать. Новый же гость никогда не выходил из своей комнаты. Поэтому Бруа даже и не вспоминал о нём. Все дни напролет он проводил в кабачке у своего приятеля Джо. У Элизабет постоялец, напротив, не выходил из головы…

На следующий день, когда она поднималась по лестнице, чтобы отнести ему чай, вдруг громко зазвонил телефон в прихожей. Элизабет вздрогнула и медленно подошла к аппарату. Она очень удивилась, что он звонил, так как до этого телефон попросту не работал и стоял, как обычная ваза для цветов. Она осторожно сняла трубку и услышала тихий голос гостя:

- Мисс Элизабет, прошу вас, не приходите ко мне днём, поскольку в это время я обычно сплю. У меня ночью особенно много работы. Бельё и всё другое вы можете оставлять перед дверью.

Элизабет не успела ничего ответить, как в трубке зазвучали гудки. Через мгновение телефон уже не работал. Элизабет подумала, не померещилось ли ей всё это.

Поздно вечером вернулся отец. Бруа был настолько пьян, что не мог объяснить, где он так набрался. Хотя Элизабет догадывалась, где он опять был – у Джо. Уложив отца спать на диван прямо в прихожей, она по привычке вышла во двор подышать свежим воздухом. Света в доме не было, к чему все уже привыкли, поэтому она не боялась прогуливаться во дворе в темноте. Проходя по западной стороне дома, Элизабет подняла голову. По небу плыла луна, словно вычищенная до серебряного блеска монета. Взгляд девушки упал на окно странного гостя. В нем было темно. Элизабет пошла дальше и вдруг услышала, как хлопнула форточка. Подняв глаза, она увидела, что из окна вылетела сова. Птица пролетела перед луной, и ее контуры были отчетливо видны на фоне лунного диска. Глухой и тревожный крик совы пронесся по окрестности. Элизабет, сколько себя помнила, никогда не встречала в этих местах сов. Этот крик вселил тревогу в её сердце, она почувствовала дикий страх и одиночество. Элизабет бросилась бежать и буквально ворвалась в дом. Всю ночь она провела без сна, пролежав под одеялом и чувствуя рядом чьё-то присутствие. Только когда стало светать, ей удалось сомкнуть глаза и поспать часик-другой, пока Бруа не разбудил её, чтобы отправить к Джо по каким-то там делам.

На пути к Джо Элизабет вновь проходила по западной стороне дома, и что-то заставило её посмотреть на то окно. Девушка увидела, что стекло было разбито, а с её осколков стекала кровь. На подоконнике сидела сова, которая пристально смотрела на Элизабет. Два холодных желтых круга почему-то напомнили ей усталые глаза того постояльца. Она с трудом отвела взгляд и поспешила уйти с этой ставшей для нее страшной западной стороны гостиницы. Когда Элизабет отворила калитку, чтобы выйти, её слух вновь уловил зов совы. Птица ухнула три раза, и Элизабет обуял неописуемый ужас, не от того, что она испугалась крика, а потому, что ей послышалось, будто сова кричала: «Он мёртв! Он мёртв! Он мёртв!».

Она не помнила, как добралась до дома Джо. Он вручил ей зеркало и бутылку рома, попросив передать их отцу. Джо сказал, что ждёт его вечером у своих родственников. Уходя, Элизабет спросила приятеля отца, когда в последний раз он видел в здешних краях сов. Он широко улыбнулся и ответил, что, сколько себя помнит, таких птиц здесь давно не встречали.

- Вчера вечером около гостиницы летала сова, - сказала Элизабет.

Джо слегка похлопал её по плечу и сказал, что ничего странного в этом нет.

- Может она залетела из соседнего леса. Мой дедушка говаривал, что в нашем лесу водились когда-то совы, но их видели немногие, в основном слышали их крик, - сказал Джо, провожая девушку.

По пути домой она чувствовала страх, который медленно растекался по её венам. Всю дорогу она оглядывалась назад, опасаясь, не следит ли кто за ней. Подойдя к дому, она открыла калитку и быстро прошла по западной стороне, не поднимая головы.

Отец сидел за столом, наливая себе пиво.

- Всё это кажется мне странным, - молвил Бруа, - поднимаюсь я на второй этаж, чтобы пригласить нашего гостя на кружечку пивка, а его нет в комнате. В замочной скважине темнота. С улицы окно зашторено черным полотном. Выселю его к чёрту! – зло воскликнув, Бруа осушил кружку пива.

С наступлением сумерек Элизабет решила никуда не выходить из дома и осталась у себя в комнате. Она впервые в жизни почувствовала себя такой одинокой и никому ненужной. Вчера ей исполнилось 18 лет. Отец об этом даже и не вспомнил. Мамы не было уже год. Она умерла от рака. Мысли об одиночестве полностью овладели девушкой. Плотная темнота окутала изнутри её душу.

Элизабет вдруг сбросила с себя платье и встала обнажённой посреди комнаты. Ей захотелось подняться в небо и камнем рухнуть вниз. Она подошла к окну, чтобы выброситься, как вдруг увидела внизу на земле стаю крыс, пожирающих остатки еды. Возле них бегали мыши, и дрались за то, что оставалось после крыс. Элизабет схватила первое, что попалось ей под руку – книгу, и швырнула в самую большую крысу. Книга больно ударила тварь по спине, она взвизгнула и нырнула под порог. Остальные крысы и мыши разбежались в разные стороны. Но через некоторое время стая была опять в сборе – на этот раз они принялись за книгу.

Элизабет передёрнуло от всего увиденного. Она выбежала из комнаты в коридор, взяв в руки свечу, которая мерцала от сквозного ветра и направилась вдоль коридора второго этажа. И вдруг она остановилась возле комнаты единственного постояльца. Её чудовищной силой тянуло войти вовнутрь, и ей хотелось лишь одного…

… Он овладевал ею, а она теряла сознание. Вся постель была в крови. Он смотрел на неё холодными глазами, а его руки жгли её тело. Когда он входил в её плоть, она испытывала нестерпимую боль. Но она не хотела, чтобы боль проходила…

Когда Элизабет пришла в себя, случилось невероятное. Её тело расстегнулось, словно водолазный костюм и из-под него выпорхнула сова. В своём новом обличии Элизабет посмотрела в небо. Над деревней Эбони висел, будто повешенный на крюк, серебряный диск луны. Девушке стало так одиноко и тоскливо, а внутренний голос рвался наружу. От всей этой безысходности и потери чего-то тёплого и родного, но уже такого далекого, ей стало так тяжело, что она протяжно крикнула тем же глухим криком, который столько раз слышала и боялась.

Новая её сущность стала ей близкой, а новая логика приемлемой. Она превратилась в хищника, а весь остальной мир – в мерзких грызунов. День стал ночью, луна заменила ей солнце. Единственное, о чем Элизабет не жалела, было то, что теперь она могла подняться в небо и любоваться сверху красотой земли…

Но стаи крыс и мышей портили эту красоту. Испражняясь на луга, где растут цветы, они превращали их в выгребные ямы. Касаясь своими заразными мордами озёр и рек, они превращали их в канализационные стоки. Смыслом жизни Элизабет стало теперь очищение земли от этой мерзости и грязи. Каждую ночь вместе со своим новым другом она вылетала в лес чёрных деревьев, где бродили стаи грызунов…

Вскоре местные жители обеспокоились долгим отсутствием Бруа и его дочери Элизабет. Особенно старый Джо затосковал по своему другу: с кем же он теперь будет ходить в кабак?

По заключению местного участкового, Бруа, найденный мёртвым у порога собственного дома, был задушен. Похоже, его душили когтями. Его дочь, согласно протоколу, пропала без вести. Единственного постояльца также не нашли. Он исчез, как в воду канул. Никто из жителей деревушки его больше не видел.

Со временем все начали забывать об этом происшествии. Но о заброшенной гостинице «Астория» вновь заговорили после одного случая. Как-то приятель Бруа – Джо решил заехать туда за своим зеркалом. Было уже темно, около 9-10 часов вечера. Как только Джо переступил порог и вошел в прихожую, он услышал дикий вой совы. Она летела прямо на него на большой скорости, пытаясь вцепиться ему в горло. Перепугавшись не на шутку, бедный старик изо всех сил бросился бежать из проклятого дома. Сова не отставала от него вплоть до калитки. Убегая, Джо увидел и другую сову – чуть поменьше, которая сидела на западной стороне дома и тоже выла. И что его очень напугало, та птица будто бы кричала ему вслед слова: «Он мёртв! Он мёртв! Он мёртв!»…

Жители Эбони прокляли гостиницу «Астория» и обходили её стороной. Лишь немногие осмеливались там появляться. Да и то только днём…

Сентябрь 1994 года

графика Армана Баймуратова

插画：阿尔曼·拜穆拉托夫

九月

一 猫头鹰

最让伊丽莎白感到欢畅的是,
现在她终于可以飞到天上,
从高处欣赏大地上的美景了……

……由于上个月欠债，阿斯托利亚宾馆里连着两周都是漆黑一片。

宾馆位于一个叫作埃博尼的小村庄中。村子里唯一可以称得上名胜的地方是一片乌木森林。即便是在白天来到这儿，人们也会觉得这里阴暗寒冷得与夜晚无异。

已过老迈之年的阿斯托利亚宾馆的主人布吕阿和村子里的其他村民别无二致。宾馆里鲜有宾客光顾让他变得慵懒涣散。他把宾馆生意抛在脑后，有一搭没一搭地照看着。那些三三两两走进宾馆大门的人们要么是为了避雨，要么是为了一睹这座林边唯一的黑檀木建筑的样貌。布吕阿的女儿伊丽莎白则是这个宾馆唯一的女仆人。

一个阴雨天，宾馆的大门被一阵狂风猛然掀开，一个手中提着行李箱的人走进了宾馆。伊丽莎白忙跑到客人跟前请他进屋。在客人的坚持下，伊丽莎白将他安排到二楼西侧的一间房间。每天早上伊丽莎白都得为客人送上新的床单被罩，还有红茶。

第二天一早，伊丽莎白走上二楼敲响了客人的房门，但房内却无人应答。于是她便按照惯例打开门走进了房间。此时，一幅可怕的画面呈现在她的眼前：屋里的桌子上摆着一堆奄奄一息的老鼠，它们尚能呼吸却已动弹不得。而那位昨日入住的新房客就坐在这张可怖的桌子边。见伊丽莎白来了，他忙用报纸盖住这堆烂东西，又用雨衣遮住了自己的脸。他一把将洗好的被单从伊丽莎白手中拽了出来，之后又猛地将她推出门外。被推出门的一瞬间，伊丽莎白匆匆瞥了这家伙一眼，只见他昏黄疲惫的双眼里流露出孤独和落寞……

在这儿入住的房客通常都会到一楼的餐厅里吃早餐或吃午餐,而这位新客人却从来都不离开自己的房间半步,这让布吕阿甚至都要把他忘记了。布吕阿的好朋友乔开了一家小饭馆,他每天都去那里消磨时间。可伊丽莎白却从未忘记这位房客,那天推开门后看到的画面一直在她脑海中挥之不去。

当她走上楼梯准备给房客送茶的时候,前厅的电话突然响起一阵刺耳的铃声。被电话铃吓了一跳的伊丽莎白迟疑着向电话走去。她感到有些奇怪,这个电话过去从来就没有响起来过,一直就像个花瓶一样摆在那里。她小心翼翼地拿起话筒,里面传来房客低沉的讲话声:"伊丽莎白小姐,请您白天不要到我的房间来,因为这个时间我通常在睡觉。晚间我的工作很繁重。床单被罩和其他的东西您放在门口就好。"

还没等伊丽莎白答话,电话就被匆匆挂断,听筒里只剩下了"嘟嘟"的声音。电话转瞬间又成了没用的摆设。伊丽莎白觉得自己仿佛是产生了幻觉,不敢相信近来发生的这些事。

伊丽莎白的老爹布吕阿晚上很晚才回来。他喝得烂醉，甚至没法说清楚是去哪儿喝成这样的。然而伊丽莎白一想便知，他一定是又去了乔那里。伊丽莎白把布吕阿安顿在前厅的沙发上让他睡觉，之后又像往常一样走到院子里去呼吸一下新鲜空气。整栋楼里漆黑一片，他们早已习惯，所以在黑暗的院落里散步时，伊丽莎白一点儿都不害怕。走到房子西侧的时候，伊丽莎白抬了抬头。月亮高悬夜空，如同抛光了的银币一般闪着光芒。姑娘的目光又移向了那位古怪房客的窗口，只见窗子里一片漆黑。她又往远处走了几步，突然听到敲打气窗的声音。她抬眼一看，发现从窗户里竟飞出了一只猫头鹰。它拍打着翅膀从月亮前面掠过，周身的轮廓在月光的照耀下格外清晰。它低沉的叫声回荡在宾馆四周，让人感到阵阵寒意。伊丽莎白回想着，她从来都没有在这儿遇见过猫头鹰！猫头鹰的阵阵叫声使她心底莫名惊惶起来，内心充斥着恐惧和无助，她不管不顾地拔腿便跑回了屋内。她只管把自己整个裹在被子里，总是觉得旁边有什么东西似的，整整一晚都没有合眼。直到太阳升起、晨曦从窗外洒进屋里的时候她才勉强合眼眯了个把钟头，直到布吕阿叫醒她，让她去乔那里办点事情。

去乔住所的路上伊丽莎白又一次经过了自家宾馆的西侧楼，那扇窗户里不知是什么东西挡住了她的视线。伊丽莎白发现窗户被打碎了，破碎的窗玻璃上还淌着血。一只猫头鹰正站在窗台上一动不动地凝视着伊丽莎白，那两颗滚圆的、阴冷昏黄的眼珠不知为何让她想起了那位怪房客的眼睛。她十分费力地移开视线，慌忙从这个可怕的地方跑开了。正当伊丽莎白推开院子的大门想要离开的时候，她的耳边又传来了猫头鹰那令人惊恐的鸣叫声！它凄厉的叫声使伊丽莎白陷入了难以名状的恐惧。使她感到害怕的不是猫头鹰的鸣叫本身，而是她似乎听到了这只鸟正在不断重复地叫嚷着："他死了！他死了！他死了！"

她已经不记得自己是如何到达乔家里的了。乔给了伊丽莎白一面镜子和一瓶朗姆酒,叫她转交给她的父亲。乔还说,今晚要在亲戚家等布吕阿。临要出门的时候,伊丽莎白问乔有没有在本地看到过猫头鹰。乔大笑着告诉她说,反正自己是一次都没看见过。

　　"昨晚宾馆附近有只猫头鹰在飞。"伊丽莎白说。乔拍了拍她的肩膀说,这也没什么稀奇。"也许它是从咱们这儿的森林飞出来的呢。我爷爷过去常和我说,咱们这儿的森林里有猫头鹰,只有很少的人见过它们,但大多都听过它们的叫声。"乔一边送别伊丽莎白,一边对她说道。

　　回家的路上伊丽莎白还是觉得害怕,恐惧似乎正一点一点地渗入血管蔓延全身。一路上她不断地回头看,生怕会有什么人跟在她后面。一走到家门口,她便快速打开院门,头也不抬地从楼西侧那儿跑回了屋里。

此刻，她的父亲正坐在桌旁，拿着啤酒自斟自饮。

"真是太奇怪了，"布吕阿说道，"本来我上到二楼，想要请咱们的房客喝杯啤酒，但是他并没有在房里。我透过锁眼看，屋里黑乎乎的，我站在楼下看，窗户又被黑帘子挡得严严实实。我要让他从这儿打包滚蛋！"布吕阿叫骂着，将杯中的啤酒一饮而尽。

天色渐暗，伊丽莎白决定待在屋里不出去。她生平第一次感到自己是如此孤独又多余。昨天是她18岁的生日，父亲却根本就没有记起。妈妈癌症去世已经一年了。孤独感占据了小姑娘整个身心，她的心底满是阴暗。伊丽莎白扯下自己的裙子，赤裸着站立在房间中央。她想飞上天空，然后再像块石头一样从天上坠下来……

她走到窗边想要跳下去，突然看到下面的地面上有许多大老鼠。它们正聚集在一起贪婪地啃食着食物碎块。还有一群小耗子不断围着正在进食的大鼠跑窜，并为了争夺大老鼠身后的位置互相打来打去。伊丽莎白随手抄起了手边的一本书朝着最大的老鼠狠狠地扔了出去。书重重地砸在了大老鼠的背上，疼得它尖叫一声躲到了门槛下面。剩下的大小老鼠也纷纷抱头鼠窜四散逃开。可过了一会儿，老鼠们又重新聚成了一团，开始啃噬起书本来。

伊丽莎白被眼前的一切吓得浑身不停地发抖，她惊慌失措地从房间里逃离，在走廊飞奔。手中的蜡烛随着她的跑动忽明忽暗，仿佛下一秒就要熄灭。跑到那位古怪房客的门前时，她突然刹住了脚步。某种神秘而又可怕的力量推着她向房间里走去，而她只是想……

……怪房客抓住了她，她失去了意识。房客的床单上全都是血迹。他用冰冷的目光注视着她，双手的触摸却让她感觉浑身发烫。他进入了小姑娘的体内，让她疼得不行。可她却不想让这种疼痛的感觉消失。

当伊丽莎白从昏迷中醒来的时候，不可思议的事情发生了。她原本的身体像是潜水服一般敞开着，一只猫头鹰从里面飞了出来。换上这幅新面孔的伊丽莎白望着天空，月亮高高地挂在村子之上。她变得十分孤独和沮丧，心底的声音似乎就要爆发出来。生活中的绝望瞬间、失去挚爱的亲人、没有温暖和关怀，一切都让她的生活变得格外悲惨沉重。变成猫头鹰的伊丽莎白在村庄上空发出了一阵嘶凄厉哑的长啸——这叫声和她之前一听到就吓得浑身瘫软的声音一模一样。

她变成了另一副脸孔，自然也有了另一套逻辑。她变成了一只野兽，而她眼中的世界也只剩下了肮脏卑鄙的鼠类。昼夜在她的脑海中颠倒，日月在她的心中易位。而最让伊丽莎白感到欢畅的是，现在她终于可以飞到天上，从高处欣赏大地上的美景了。可老鼠却成了眼下最煞风景的肮脏玩意：它们在鲜花盛开的草场上四处便溺，把美景变成粪坑；一张张传染源的嘴脸把河流湖泊也全都变成了肮脏恶臭的排水沟。此时此刻，让这片土地从肮脏和污秽中解脱出来成为伊丽莎白新的使命和目标。每天晚上她都同自己的新朋友飞向乌木森林,那里成天徘徊着成群结队的老鼠。

布吕阿和女儿伊丽莎白的销声匿迹很快就让村里的居民担心起来。乔更是对他的老朋友挂念万分——布吕阿不见了,谁还能陪他在小酒馆里消磨时间呢?

布吕阿最后被发现死在了自家门口,当地警察的调查结论是窒息而死。他看上去似乎是被一对利爪掐死的。根据警局的调查记录,她的女儿伊丽莎白是在那名唯一的房客的屋内自杀而死的。在登记簿中也无法找到这位住客的姓名,他早已消失得无影无踪。没有一个村民看到过他。

时间一长,村民们便将这件事淡忘了。而在另一件事情发生之后,阿斯托利亚宾馆再一次被人提起。有一天,布吕阿的老哥们儿乔不知为何决定要去宾馆拿回自己的镜子。当时差不多九十点钟的样子,天已经黑了。当乔跨过门槛走进前厅的时候，突然听到了一阵凄厉的猫头鹰叫声。猫头鹰用极快的速度俯身冲向这个男人，试图扼住他的喉咙。可怜的乔被吓破了胆，扭头用尽全力向门外跑去，猫头鹰则在他身后扑闪着翅膀紧追不放，直到院子门口。失魂落魄的乔还在跑着，一抬头突然看到另外一只猫头鹰坐在楼西侧的一扇窗前，嘴里发出阵阵叫声。那一声声叫喊让他毛骨悚然，他分明听见那只鸟在叫着："他死了！他死了！他死了！"……

埃博尼村的村民们恨死了这栋房子，他们一面恶狠狠地诅咒这里，一面又小心翼翼地绕道走。只有少数胆子大的人还敢去那里转悠，当然，也仅仅是在白天……

1994 年 9 月

октябрь

—

САЛЕМ

Everything is possible – Все возможно и нет ничего невозможного!

... Ничего подобного я не видел в своей жизни. Назвать Его своим другом я не мог, потому что Он просто им не был. Он не был ни сатаной, ни ангелом. Он был всем и ничем одновременно. Наверняка, если бы он захотел, то смог бы увидеть даже самого Бога. Я звал его просто – Салем...

Это было вечером, около пяти или шести, точно не помню. Я сидел дома один в полной темноте, так как свет в нашем доме отключили. Только в такие минуты понимаешь, что значит электричество для городского человека.

Вдруг кто-то позвонил в дверь (напоминаю, электричества не было). Обычно в такие минуты сердце начинает выпрыгивать из груди от неизвестности, и очень хочется задать банальный вопрос «кто там?». Я же как будто ждал кого-то, быстро подошел к двери и открыл ее. Передо мной стоял человек среднего роста, совсем не симпатичной внешности, но умеющий расположить к себе людей (по крайне мере мне так показалось).

- Вы Н.? - спросил Он, улыбнувшись. - Мама просила передать Вам это, - сказал Незнакомец и протянул мне конверт. Было видно, что в конверте лежали деньги.

Этот Незнакомец не совсем казался мне незнакомцем, и даже было ощущение, что я Его уже где-то видел. После того, как я пригласил Его войти в дом, (может это была случайность или еще что-то) свет в квартире появился, и я смог уже тщательно рассмотреть моего Гостя. Как я уже сказал, Его внешность не вызывала у меня симпатии, но эти глаза... Это, пожалуй, было единственное, что придавало благородство Его лицу. Одет Он был совсем не со вкусом. Вас интересует как? Как Вы себе представляете безвкусицу? Вот именно, точно так!

- Вам явно хочется спросить, где Вы меня видели? Не мучайте себя. Нигде. Всем, кому посчастливилось со мной общаться, казалось, что они где-то меня видели.

- А откуда Вы знаете мою маму? И почему она передала Вам эти деньги?

- Вы задаете мне престранный вопрос! Вы же сами минуту назад думали о деньгах и злились на маму, что она не дает Вам «ни цента»!

- Да, но... - попытался возразить я, но остановился, удивленно тараща глаза на своего Собеседника. Я стал свидетелем уникальной сцены. Парень, с которым я только что разговаривал, вернее Его изображение, стало бегать черно-белыми полосами, как на телевизионном экране, и через несколько секунд передо мной появилась красивая девушка в белом «небальном» платье, которая почему-то опять показалась мне знакомой. Я почувствовал то, что на моем месте почувствовал бы каждый из Вас.

- Уверяю Вас, - как бы возвращая меня в реальность, молвил мой Собеседник, - что через некоторое время Вы перестанете удивляться мне, напротив, Вам будут казаться странными те, кто будет удивляться всему этому.

- Кто Вы? - задал я обычный, но в то же время очень важный для меня вопрос.

- Ой, лучше не спрашивайте! - отмахнулась Девушка.

- Я то, о чем Вы сейчас думаете.

Но, что самое интересное, в ту минуту я ни о чем ни думал, в моей голове была пустота, тишина и полнейший мрак. Но мысль о том, что должны же быть какие-либо объяснения всему происходящему, не покидала меня с самого начала.

- Вы что, Девушка из Ночи? - захотелось пошутить мне.

- Я, по-моему, уже Вам представился, my name is Salem, - сказала Она так естественно, как будто я должен был воспринимать все как есть. - Послушайте, Я – не человек и не дьявол, Я – все и ничего, Я есть и меня нет, Я мертв и жив, Я не отношусь ни к одному полу, просто Мне удобнее говорить о себе в мужском роде. Я здесь не случайно. И Вы не удивляйтесь, что Я постоянно меняюсь и творю чудеса, которые на самом деле вовсе не чудеса.

- Знаете, Вы мне начинаете нравиться, Вы случайно не волшебник из сказки? - продолжал шутить я.

- Вы думаете, то, что Вы сейчас видите – сон? Да. На самом деле это – сон для Вас, но не для Меня. Вы привыкли думать, как все: «То, что невозможно – невозможно никогда». Этому начинают учить уже тогда, когда Вас зачинают туда, откуда Вы потом рождаетесь. Но стоит только сказать себе: «Все возможно и нет ничего невозможного», как перед Вами открываются большие горизонты и невероятные возможности. Вы Мне не верите??

Изображение Девушки снова забегало черно-белыми телевизионными полосами, и вскоре передо мной уже стоял статный негр в европейском костюме. Меня удивило то, что Негр говорил с легким акцентом.

Но стоило мне только представить, что Он может говорить и по-казахски, как я вдруг я услышал чистейшую казахскую речь.

- Сіз әлі де Маған сенбей тұрсыз ба? Мен Сізге айтып едім ғой, бұл дүниеде бәрі де мүмкін! Соған сенсеңіз ғана, айтқан сөздерімнің рас екендігіне көзіңіз жетеді.

Признаюсь, я уже просто устал всему удивляться и стал воспринимать все, как есть. И вдруг я вспомнил про время. Было уже около восьми, и я подумал, что вот-вот должны вернуться с работы мои родители. Было страшно представить, как бы они восприняли Салема, ведь они бы ничего не поняли. Но мой Друг (почему-то мне захотелось Его так назвать) сказал, что мои родители уже дома, но я их не вижу, потому что я этого сейчас сам не желаю. Но стоит мне пожелать обратное, как они появятся передо мной в ту же минуту.

Было очевидно, что мне не хотелось их сейчас видеть, а хотелось продолжения нашей дружбы с Салемом.

Негр подошел к окну и открыл его. Надо заметить, что в ту пору, насколько мне не изменяет память, на дворе стояла глубокая осень, и по радио передавали дождь с переходом в снег. Но ни дождя, ни осени за окном просто не было. Он сорвал с ветки пальмы банан и предложил мне. В тот момент я понял, что схожу с ума, потому что любой другой на моем месте подумал бы то же самое. Но, тем не менее, я осторожно взял в руки банан и с опаской откусил маленький кусочек – он был сказочно вкусен. Я вскочил и подбежал к окну. Под моим окном на велосипедах проезжали негры. Какая-то женщина продавала свои фрукты. Молодые негр и негритянка шли и разговаривали по-африкански, но я все понимал до единого слова.

- Ты мне сегодня проспорила, - говорил черный

парень своей собеседнице, широко улыбаясь и нежно обнимая ее за плечи.

- Да брось ты, Лорэ! Вечно ты со своими шутками!

Я был на сто процентов уверен, что это была Африка...

Октябрь 1994 года

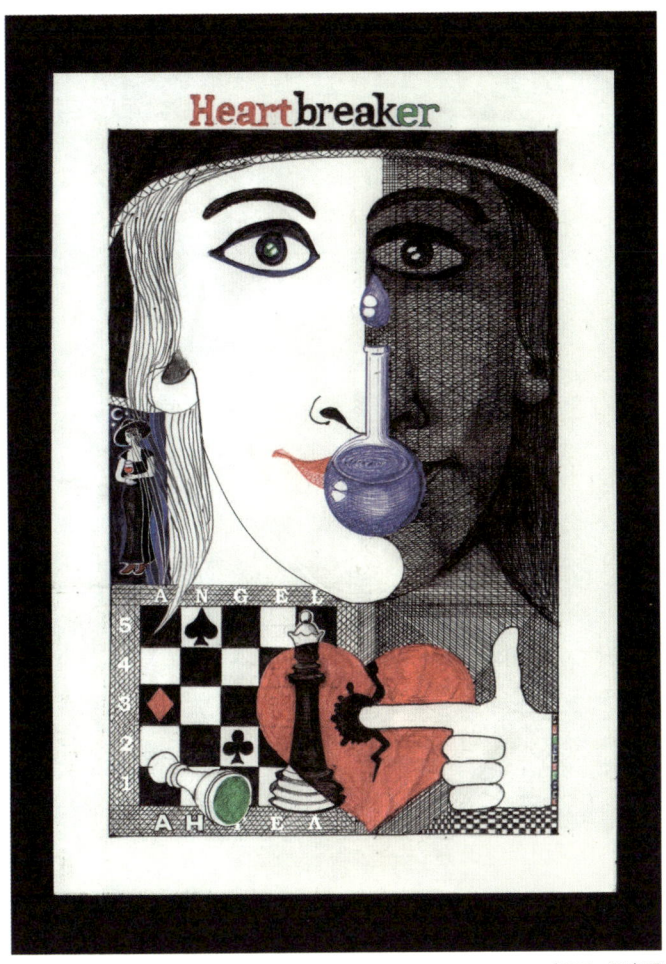

иллюстрация：Нурлан Аккошкаров   插画：罗光明

十月

一

你好

一切皆有可能,
没有什么是不可能的!

生活中我再也没遇到过类似的事。

我不能把他叫作自己的朋友。因为他根本也不是朋友。他既非撒旦，也非天使。他既是一切，同时又什么也不是。也许，如果他愿意，他就能见到上帝本人。我就直接叫他——萨勒姆。

那天傍晚大约五六点钟，我记不清准确时间，因为我们家停电了，我正一个人坐在黑漆漆的屋里（只有那时候你才能明白，电对于一个城里人意味着什么），突然有人按响了门铃（我提醒一下，当时停电）。当时由于害怕心都要跳出来了，我不由自主地问了一个愚蠢的问题，"谁在那儿？"

心里却又好像期待某个人来,于是飞快地走到门口,打开门。一个中等个头的人站在我的面前,长得非常不好看,但是很招人喜欢(至少,我这样觉得)。

"你是 H 吗?"他笑着问道,"你妈妈让我把这个转交给你。"陌生人说,然后递给我一个信封。很明显,信封里是钱。

我完全不觉得这个人是陌生人,甚至感觉在哪儿见过他。我邀请他进入家里以后,(这可能是出于偶然或者某种原因)房间里的灯居然亮了,这让我能认真地看清我的客人。就像之前说的,他的外表并不能引起我的好感,但是这双眼睛……这是一双独一无二的眼睛,给他的脸增添了一抹高雅。他的穿着也完全不得体。他怎样才能引起你的兴趣呢?你们能想象一下真的毫无美感吗?的确,就是这样。

"您显然很想问,在哪儿见过我?别折磨自己了,没在任何地方见过。有幸见到我的所有人都觉得在哪儿见过我。"

"您怎么知道我的妈妈?为什么她转交给您这些钱?"

"您提了一个多么奇怪的问题!您自己在几分钟以前还在想钱,因为妈妈没给您一分钱而对她发火。"

"是的,但是……"我试图反驳,但突然停了下来,瞪大眼睛看着交谈者。我亲眼看到一件奇事,刚刚与我交谈的这个人,更确切地说是他的影像,开始像黑白条一样跑了,就像在电视屏幕上一样。几秒钟后在我面前出现了一个穿着白色舞会服装的美女,不知为什么我还是觉得她很熟悉。我感觉你们中的每一个人也在某个地方见过她。

"我保护您,"我的交谈者说道,恍惚中他(她?)把我拉回了现实。"过一段时间你就不会对我感到惊奇了,而你将惊奇于谁会对所有这些场面感到惊奇。"

"你们是谁?"我问了一个平常的但是当时对我来说非常重要的问题。

"唉,最好别问!"女孩挥挥手,"我是现在您正想到的那个人。"

但是,最有趣的是,当时我什么都没想到,我的脑海里一片空白,寂静,而且一片漆黑。但是有一个想法从一开始就萦绕着我,他们应该对所有正在发生的事解释一下。

"您,什么?你是来自黑夜的女孩?"我挖苦道。

"在我看来,我已经向您自我介绍过了,我叫萨勒姆,"她非常自然地说,就好像我应该接受已有的一切。"你们听着,我既不是人也不是魔鬼,我既是一切,同时什么也不是。我存在,同时也不存在。我死了,同时我还活着。我不属于一个性别,但更方便一点说我是男性。我出现在这儿不是偶然的。您不必惊讶，我在慢慢改变，我创造了实际上根本不存在的奇迹。"

"您知道吗？我开始喜欢您了，您是不是童话中的魔术师？"我继续开玩笑说道。

"您觉得，您看到的这些是梦吗？是的。实际上，这是您的梦，但不是我的。您像所有人一样习惯觉得'那些不可能的事是无论何时都不可能发生的'。在您出生的地方创造您的时候人们就已经开始学习这一点了，但是只要对自己说：'一切皆有可能，没有任何不可能的事。'在您的面前会打开更大的视野和难以置信的可能性。您不相信我吗？"

女孩的影像又像黑白电视条一样跑了，很快在我面前站了一个穿着西服、体态均匀的黑人。黑人的语调很柔，由于某种原因使我很惊讶——我觉得他说的是哈萨克斯坦语！我好像突然听到了最纯正的哈萨克语。

（哈萨克语：你不相信我吗？我告诉过你，世界上的一切都是可能的！如果你相信这一点，你会知道我说的是真实的。）

我觉得自己已经疲于对一切感到惊讶，开始接受已有的一切。我突然想起时间，已经8点左右了，我的父母应该回来了。他们要是接受了萨勒姆那就太可怕了，因为他们什么都不知道。但是我的朋友（不知为什么我想这样称呼他）说，我的父母已经在家了，但是我没有看见他们，因为我自己不想。我希望时间倒流，回到当时他们出现在我们面前的时候。很明显，我不想现在看到他们，我想继续和萨勒姆的友谊。

黑人走向窗户，打开它。能够发现，在那个季节，我的记忆不会背叛我，户外已是深秋，广播中播放着天气是雨夹雪。但是窗外既没有雨也不是秋天。他从棕榈枝上摘了香蕉送给我。那一刻，我意识到我疯了，因为要是其他人处在我这种情况也会这么想。尽管如此，我小心翼翼地拿着手里的香蕉，谨慎地把一小块放在嘴里，它非常美味。我跳起来跑向窗户，在我的窗户下，黑人们骑着自行车经过。有个女人在买水果。年轻的黑人男子和黑人女子走着，用非洲话交谈着，但是我还是只懂一点点。

"你今天和我吵嘴了。"这个黑人对他的同伴说，微笑着，温柔地抱着她的肩膀。

"来吧，劳拉！你总是爱讲笑话！"

我百分之百相信，这已经是非洲了……

1994 年 10 月

ноябрь

—

ПОДЪЕЗД

Король Лир

Пусть материнская забота, ласка
Встречают смех один - тогда узнает,
Что хуже, чем укусы злой змеи,
Детей неблагодарность. Едем! Едем!

         Уильям Шекспир

永恒的山莓地

В Пекине очень много подъездов, как и людей. Зимой здесь абсолютно нет снега. Только иногда, раз в неделю дует сильный северный ветер. Ролану эта погода была по душе, поэтому он обожал этот город и его жителей.

Не буду описывать Ролана, так как его знают многие. А те, кто еще его не видел или не знает, много раз видели таких как он на проспектах и в кафе. Эти места обычно посещают люди подобного типа.

Однажды, после одной вечеринки, когда гости разбежались по домам, Ролан вышел на улицу, чтобы перед сном освежиться ночной прохладой. Обычно он этого не делал, так как не имел такой привычки вообще. Была глубокая ночь, в окнах домов уже не горел свет. Люди ушли в глубокий сон, а те, кого мучала бессонница, читали, наверное, какой-нибудь незаконченный роман. Улицы были безлюдны. Лишь тусклый свет одиноких старых пекинских фонарей падал на дорогу.

Ролан глубоко вдохнул ночную свежесть. После винного аромата и ядовитых клубов табачного дыма воздух казался ему особенно чистым и пьянящим. Он решил пройтись по дорожке, которая будто бы звала его на ночную прогулку. Дорожка была прямой и уходила в темноту. Ролана охватило странное чувство волнения перед неизвестностью. Нельзя было рассмотреть что вдали. Силуэты и очертания объектов проявлялись по ходу. Парень в черном плаще с гордо перекинутым через шею шарфом шел по этой дорожке рассеивая мрак вокруг себя.

В скором времени Ролан оказался у дома, который, показался ему знакомым, хотя он видел его в первый раз. Это было обыкновенное пятиэтажное здание, коих в Пекине «смотри не хочу». Но этот дом возбуждал его интерес. Его что-то манило туда, и сердце ничего не могло ему подсказать. «Наверное, это страх», подумал он про себя, и эта мысль его оскорбила, задев его достоинство. А так как он считал себя человеком с большой буквы «Г» (я так и знал, что ты подумаешь иное), то есть Гордым, он решил доказать самому себе, что сможет зайти в это весьма сомнительное место. Он приблизился к темному и таинственному Подъезду…

Первый этаж ничем не привлекал внимания и не отличался от других, поэтому Ролан там не задержался. Таким же обыденным оказался и Second Floor. Но Ролана немыслимой силой тянуло вверх. Он проскочил третий этаж и оказался на четвертом. Именно здесь его посетила мысль, что он находится в этом месте не зря, и кто-то намеренно привел его сюда. С этого этажа простирался прекрасный вид на город с высоты птичьего полета, как будто это был не четвертый, а четырехсотый этаж.

Постояв немного, он поднялся на пятый этаж и оказался перед темной дверью квартиры. Лунный луч через окно в подъезде падал на дверь квартиры под номером 666. Ролан повернулся спиной к двери и взглянул в окно, чтобы полюбоваться Луной. На темно-синем небесном полотне, усыпанном серебряными звездами, Луна выглядела как величественная королева. Ролану захотелось выйти в окно и ступить на лунный грунт. Он отчётливо видел желто-синюю поверхность, по которой шел караван белых верблюдов. Караванбаши вдруг на мгновение остановился, посмотрел в сторону Ролана и затем продолжил свой лунный путь…

Ролан подошел к двери и дотронулся до ее ручки.

Она была холодной. Он медленно нажал на ручку, и дверь отворилась. За нею оказался длинный темный коридор. Парня охватил невиданный страх, земля будто уходила из-под ног. «Ты – трус!», - сказал ему внутренний голос, желая задеть его самолюбие. «Докажи, что ты мужчина!», - вторил кто-то.

Как только он переступил порог, с левой стороны к нему выбежала босая девушка в белой пижаме. Она подмигнула ему левым глазом, зрачок которого был почему-то оранжевого цвета. Девушка пригласила Ролана вглубь комнаты и протянула ему руку. Парень послушно взял ее за руку, и они помчались. Они бежали так быстро, что Ролан ничего не мог рассмотреть вокруг. Все мелькало и уходило назад. Через мгновение они свернули влево и оказались в просторной красной комнате, в центре которой стояло Кресло. Оно медленно покачивалось. Девушка в пижаме тотчас упала ниц перед Креслом и поползла к нему на карачках. Ролан стал пятиться назад. Ему захотелось бежать от этого странного места, но он не мог – позади была пропасть, где бушевало кровавое море. Из пропасти доносились стон и плач людей. В кромешной тьме этой бездны можно было еле-еле рассмотреть протянутые вверх руки, молящие о помощи. Увидев весь этот ужас, Ролан отпрянул от края пропасти.

- Как долго я Вас не видел, Mr.Jones! Очень рад приветствовать Вас в своих скромных апартаментах.

Голос звучал неизвестно откуда. Было похоже, что он принадлежал мужчине 30-40 лет. Кресло продолжало самодовольно раскачиваться взад-вперед, не скрывая своего верховенства над низменным положением жертвы.

- Но меня зовут не Jones! – жалобно воскликнул Ролан. – Вы видимо перепутали меня с кем-то другим.

- Нет, это Ваше настоящее имя, - молвил голос. - Только мне оно известно, потому то я и пригласил Вас, чтобы открыть одну очень важную тайну. Узнав её, Вы очень обрадуетесь, поскольку она имеет к Вам прямое отношение.

- Да кто вы такой? Зачем я вам? – спросил Ролан. Его переполняло чувство негодования от абсурдности происходящего.

- Я Ваш друг, милок, Ваша судьба. Вы – гений, и я преклоняюсь перед Вашим талантом. Окружающие Вас не понимают, потому что они нелюди, звери, которых нужно уничтожать. Все они подобны сорнякам, которые мешают цветку пробиться наверх. Я Ваш союзник и друг, который поможет уничтожить эту нечисть.

Ничего из вышесказанного Ролан не понял, но он осознавал, что его хвалят. А за что? Это он и хотел спросить у Кресла.

А оно продолжало глаголить:

- Без Вашей помощи мне никак не обойтись. Выпейте этот бокал вина!

Бокал с жидкостью темно-рубинового цвета подлетел к парню и завис перед ним. – Вы наполнитесь храбростью и бесстрашием! Вы станете жестоким как тигр и непобедимым как лев!

Эти слова звучали так странно и непонятно. Во-первых, Ролан не мог понять, насколько все это серьезно. Неужели он такой великий муж, чтобы уничтожать и крушить все вокруг. Хотя, чего скрывать, все, что было сказано Креслом, было ему приятно слышать. Во-вторых, гением чего его представляют? Перед какими заслугами преклоняются? Все это казалось ему непонятным и одновременно забавным. Босая девушка в пижаме, обрыв со стонущими людьми, пустое качающееся кресло, говорящее мужским голосом... Однако сама обстановка была очень свободной. Нельзя было понять, стоишь ли ты или летишь, потому что пол под ногами раскачивался в такт качающегося кресла. Чувство непонятного состояния вдруг начало его покидать, и все окружающее становилось вполне реальным. Ролан протянул правую руку к бокалу с вином.

- Нет!!! Возьми левой рукой, болван!

Бокал отпрянул от Ролана. Чувство двоякости овладело сердцем парня. Все поменялось вокруг. Даже цвет комнаты стал темно серым. Босая девушка упала на пол и превратилась в серую кошку, которая шипела и была готова наброситься на него как на мышь.

- Вы чуть было не преступили закон неба, - сказало

Кресло сладким заискивающим голосом. – Вы должны взять этот бокал именно левой рукой.

Ролан послушно взял бокал в левую руку.

- Чего вам от меня нужно? – у Ролана хватило смелости спросить Кресло.

- Я хочу, чтобы Вы спасли свою жизнь! – ответило Кресло, наклонившись назад.

- Спасти свою жизнь?! От кого?

- От того человека, чью кровь Вы сейчас держите в своем бокале!

Ролана передернуло от отвращения, он разжал пальцы, но бокал не падал, упрямо прижимаясь к ладони. Кресло вдруг остановилось и продолжило:

- Я хочу спасти Вас от той нечисти, которая посмела поднять на Вас руку. Вы должны жить для того, чтобы властвовать над ними. Я должен жить, чтобы оберегать Вас от них. А этого негодяя нужно убрать, но сделать это должны именно Вы. Потому что Вы – царь этой земли. Выпейте кровь и убить его будет нетрудно.

Ролан закрыл глаза и ощутил прилив сил и гордыни. Он начал воображать себя царем всех царств на этом свете. Ему стало мерещиться множество рабов и наложниц, которые от одного его взгляда теряли уверенность и самообладание, не смея поднять свои бренные головы. Как это он раньше не осознавал: ведь он самый настоящий царь, повелитель всех стран и народов! Ролан видел себя на высоком золотом троне, и чувство собственной мощи переполняло его сердце. Ему вдруг захотелось убить того негодяя, который посмел поднять руку на своего царя. Он властно прошипел:

- Кто этот раб?

Кресло вдруг скрипнуло и замерло. В воздухе повисла звенящая тишина. Голос нарушил ее:

- Твой отец!

Всего ожидал Ролан, но никак не думал, что услышит эти страшные слова. Его обуяла досада и злость. Он посмотрел на бокал и решил кинуть его прямо в Кресло, как вдруг холодный и самоуверенный голос заговорил вновь:

- Не забывай кто ты! Ты – самый могущественный из всех могущественных царей на этой земле. Ты, слышишь, только ты должен наслаждаться всеми прелестями этого мира. Все вокруг принадлежит только тебе. Ты должен править всем этим. Но твой отец посягнул на это святое право. Он решил убить тебя, чтобы самому насладиться всеми благами. Если его не убьешь ты, он погубит тебя. Не может быть двух царей в одном царстве, помни об этом. А я вижу, ты молод и красив, тебе жить и править. Не упускай своего единственного шанса. Отпей вина, а остальное я беру на себя...

Ролан закрыл глаза. Все, что сказало Кресло, вскружило ему голову. Все вокруг стало для него таким крохотным и жалким, что ему и вправду показалось, что он властвует над всеми людьми на земле. Его вдруг осенило, что его никто не воспитывал, а родители исполняли временную функцию, которая была ниспослана им с неба. Теперь нужда в них пропала, он стал повелителем человечества. Он понял, что никому ничего не должен, напротив, все люди перед ним в долгу, так как он царь, а они его рабы. Логика была проста. Ролан осушил бокал...

Босая девушка буквально подлетела к нему,

заливаясь смехом оперной певицы, выхватила у него из рук бокал. Подмигнув левым глазом с оранжевым зрачком и протянув букву «ю», она прошептала ему на ухо «Люблюююю». Затем девушка положила стакан в левый карман своей пижамы и начала таять, стекая ручьем из комнаты в пропасть. Затем в воздухе растворилось и все остальное: говорящее кресло, таинственная комната и бушующая бездна...

Ролан хмуро шел по улице один. Лишь одинокие фонари здоровались с ним, склоняя перед ним свои головы. Его знобило. Дул холодный пекинский зимний ветер. Это его раздражало, но он не мог ничего с собой поделать. До своего дома он дошел очень быстро. Вошел в квартиру, снял свой плащ и лег спать. Ролан закрывал глаза с чувством какого-то великого самоудовлетворения и прошептал, как бы декламируя всему миру: «Вы рабы, мы есть государство!».

Проспал молодой человек до 6-ти вечера. Он бы продолжал спать и дальше, если бы его не разбудил телефонный звонок. Звонили из учебной кафедры. В трубке был слышан голос преподавателя, который попросил его срочно явиться в институт.

Ролан подъехал к институту и поднялся на второй этаж. К нему навстречу выбежала молодая преподавательница кафедры и пригасила его пройти в лекционный зал. На переднем ряду сидел профессорско-преподавательский состав, который был как всегда одет в свою рабоче-канцелярскую форму. Тишину нарушил профессор в серой рубашке, заведующий кафедрой истории западной философии. Было такое ощущение, что он веселился всю ночь и пришел сюда прямо с торжества. Его галстук был скошен влево, а через щель его губ были видны два клыка. Ролан уловил еле заметную ухмылку на его лице. Заведующий протянул парню телеграмму, в которой он прочитал одну лишь фразу: «Ролан, первым же рейсом вылетай домой. Скончался твой отец».

В ушах Ролана прогремел гром. Он закрыл уши руками и зажмурился. Он услышал сумасшедший смех, который исходил из качающегося Кресла. Наконец, он смог увидеть в Кресле хозяина этого страшного голоса. Это был мужчина 33-х лет со скошенным влево черным галстуком, красными пьяными глазами, а с двух его клыков капала кровь…

Ноябрь 1994 года

иллюстрация: Нурлан Аккошкаров

插画：罗光明

十一月一门

让她的鞠育的辛劳，
只换到一声冷笑和一个白眼；
让她也感觉到一个负心的孩子，
比毒蛇的牙齿还要使人痛入骨髓！去，去！

——莎士比亚《李尔王》

北京的门跟北京的人一样多。冬天，这里基本不下雪，只偶尔一周会刮一次大风。罗兰很喜欢这样的天气，也喜欢这座城市和这里的人。

我无须描述罗兰，因为他再普通不过。在大街上和咖啡馆就常能看到像他那样的人。

某天聚会之后，客人们都回家了，罗兰独自在寒凉的午夜街头漫步。之前，他从来没有这个习惯。今天也只是想在入睡之前清醒清醒。夜已深，家家户户都熄了灯，人们已进入梦乡。但或许仍然有些失眠的人，还在捧读某部不知名的小说吧。此刻除了他，街上空无一人。老旧的街灯昏暗朦胧，更衬出街道的清冷岑寂。

罗兰贪婪地呼吸着夜晚的新鲜空气。刚刚体会过俱乐部里的烟熏酒气，此刻的空气显得格外清新，他沉酣其中，决定沿着街道走一走。

这条街道宽阔平直，在黑暗中往无穷的远处延伸而去，远方模糊不清，路上所有的事物都若隐若现，似乎在呼唤着他去探索。面对未知，罗兰涌起一种莫名的激动。

身着黑色外套的年轻人骄傲地把围巾绕过脸颊。他走在街上，消解着身边的黑暗。

不久，罗兰走到一栋房子附近，虽然是第一次看见这栋房子，但他还是觉得很熟悉。这是一座北京常见的五层建筑，一般情况下他不会留意这样普通的建筑。但是此时这栋建筑却吸引了他的注意力，似乎有一股神秘的力量在召唤他，他并不清楚那是什么力量。罗兰心想:"大概是一种恐惧心理。"这种想法让他觉得屈辱的同时又让他忽然生出一种勇气。因为他认为自己是一个男子汉大丈夫。

或许,进入这个令人疑惑的地方,可以向他自己证明,他是个勇士。于是他走向了这个漆黑的神秘的门。

建筑的第一层并没有什么吸引人的地方,和其他地方相比也没什么特别,因此罗兰没有停留多久。第二层同样普通。但罗兰被一种神奇的力量一直吸引着往上走。

他走过三层又来到了四层。

在四层楼上,他忽然冒出了这样的想法:他来这里并不是无缘无故的,而是有人的刻意召唤。因为,这里并不似第四层,而像有四百层楼高——这一位置大概是鸟飞行的高度,从这里可以鸟瞰城市的美景。

罗兰站了一会儿，又登上五楼，并站在了一扇漆黑的门前。月光透过窗户照在 666 号房间的门上。他背对着门，欣赏着窗外的月色。深蓝色的天空中，星星一闪一闪地眨着眼睛，月亮看起来像是骄傲的女王。罗兰想要走出窗外，踏上月球的土壤。他清晰地看到月亮黄蓝色的表面行走着白色骆驼组成的商队。商队的首领停下来，朝罗兰的方向看了看，又开始了新的旅程。

罗兰走近门，触碰到门把手，门把手很凉。他慢慢按下门把手，门开了。映入眼帘的是一条长长的黑色走廊。一种从未有过的恐惧感包绕着罗兰，脚下的路仿佛消失了。"你是一个胆小鬼！"——内心回荡着这样的声音，想要伤害他的自尊心。"证明你是个男人！"——有个声音不断重复着这句话。

罗兰刚刚迈出第一步，左侧向他跑来一个赤脚身着睡衣的姑娘。姑娘用栗色的眼睛向罗兰使了个眼色。她牵住罗的手，拉他向走廊深处的住所快速跑去。他们跑得如此之快，以至于罗兰都来不及看周围的一切。路上的一切都在变小并向后疾驰。

过了一会儿，他们回到左侧，停在一个红色小屋的中间，房间的中央有一把安乐椅，慢慢地晃来晃去。这时，身着睡衣的姑娘在安乐椅前俯首在地，并匍匐向前。罗兰开始向后退，想要离开这个可怕的地方。但是他不能，因为他的身后是一道深渊，是一片怒号的汪洋大海。深渊中传来了人的呻吟和哭泣声。从深渊的黑暗中，隐约可以看到人们伸出求助的双手。

看到这可怕的一切，罗兰赶紧从深渊边跑开。

—— 琼斯先生，我太久没有见到您了！非常希望能用我的掌声欢迎您的到来。

声音不知来自什么地方。这声音大概属于三十岁到四十岁的男子。安乐椅依旧自动地向前向后地摇着，似不掩饰其对受害者的威权感。

"我不叫琼斯！"罗兰大声抱怨道，"您大概是把我和别人弄混了吧。"

"不，琼斯才是您真正的名字，"那个奇怪的声音又说，"只有我一个人知道这件事，因此我请您到这里来，就是为了揭开一个秘密。当您知道这个秘密之后，您会非常高兴，因为它和您有直接的关系。"

"您是谁？我为什么需要您？"罗兰问。因为刚刚经历了荒谬的事情，罗兰的内心充满着愤怒。

"老兄，我是您的朋友。您命中注定是一个天才。我为您的天分而倾倒。您周围的人都不理解您，因为他们不是人，是野兽！而这些野兽是需要被消灭的。他们就像杂草，妨碍花朵绽放。我是您的盟友和仆人,将帮助您摧毁这邪恶的力量。"

上面说的话,罗兰一句也没有听懂,但他意识到,这个人在夸赞他。可他为什么要夸赞自己?关于这一点他想要问一问安乐椅。

安乐椅继续说道:"没有您的帮助我什么也做不成,来,喝了这杯葡萄酒吧。"

一杯深红宝石色的液体飞到他身边,并悬停在他面前。"你将会充满勇气,无所畏惧!你将会如猛虎般强壮,像狮子般战无不胜!"

在罗兰看来,这些话很奇怪,让人不能理解。首先,罗兰并不清楚这件事究竟有多么严肃。难道他真是这样一个伟大的人,能够消灭周围的一切?但是,必须承认,安乐椅说的这些话听起来令人舒服。第二点，为什么他会是天才？在罗兰看来，这一切都不可理喻，同时又很搞笑。赤着脚身穿睡衣的姑娘，呻吟的人们，空荡荡会说人话的安乐椅……不过，他还是自由的，情况似乎还不那么严重。但由于脚下地板摇摆的幅度和安乐椅摇晃的节奏一致，因此无法确知自己是站立着还是在飞行。

突然，这种难以理解的状态的感觉开始离开他，周围的一切渐变得相当真实，这时，罗兰伸出右手想拿起一杯葡萄酒。

"不！！！用左手拿，傻瓜！"

酒杯从罗兰身前一闪而过，他的心开始挣扎，忐忑不安。
（编者注）

周围的一切都发生了改变，甚至房间的颜色都变成了深灰色，赤脚姑娘摔倒在地上，变成了一只白色的猫。这只猫发出呜呜的声音，像扑向老鼠一样准备扑向罗兰。

"您差点打破上天的规则，"安乐椅用甜美的嗓子说，"您应该用左手拿起酒杯。"

罗兰很听话地用左手拿起了酒杯。"您需要我为您做什么？"罗兰鼓起勇气向神秘的声音问。

"我要您拯救自己的生命。"安乐椅一边向前晃，一边回答。

"为什么要拯救自己的生命？"

"你手中酒杯里有那个人的鲜血，因为他，您需要拯救自己的生命。"

因为激动，罗兰颤抖着，他松开手指，玻璃杯居然没有掉下来，而是牢牢地粘在他的手掌上。

安乐椅突然停了下来，之后又继续说："我想把您从那些敢于向您伸手的邪灵中拯救出来。您必须活着来统治他们。我必须活着保护您免受他们的伤害。这些恶棍需要被收拾，但应该由您来做这件事。因为您是这片土地的国王，喝掉这杯血，铲除他们并不困难。"

罗兰闭上了眼睛，体会到一股强大的力量和骄傲感。他开始想象自己是这个世界上所有王国的王者。他仿佛看到许多奴隶和妃嫔。这些人因为他的一个眼神就失去了自信心和自制力，不敢抬高自己的头。正如他以前从未意识到的那样：他是真正的国王，是所有国家和人民的统治者！罗兰看到自己在一个高高的金色宝座上，来源于自我的强大力量充满了他的心。他突然想杀了那些敢于向国王施暴的恶棍。他声嘶力竭地喊道：

"这个奴隶是谁？"

安乐椅突然尖叫起来,并且愣住了。空气中弥漫着寂静。一个声音打破了这份安静:"你的父亲!"

罗兰原本充满期待,但他怎么也没想到会听到这样可怕的话。恐惧和愤怒向他袭来。他看着玻璃杯,决定直接把它扔到安乐椅上,突然一个冷酷而自信的声音再一次说道:"不要忘记你是谁!你是地球上所有强大的君王中最强大的。你听到了,只有你应该享受这个世界的所有乐趣。你周围的一切只属于你。你必须统治一切。但是你父亲侵犯了这个神圣的权利。他决定杀了你,代替你享受人类的所有祝福。如果你不杀他,他会毁掉你。在一个王国中不能有两个国王,请记住这一点。而且我明白,你年轻英俊,你生来就是为了统治一切。不要错过你唯一的机会。喝点儿酒,剩下的我拿走。"

罗兰闭上了双眼,刚才安乐椅说的一切使他冲昏了头脑。周围的一切在他看起来都是渺小的、可怜的,这也就再一次向他证明他就是世界上所有人的王。他突然间想到，没有任何人培养过他，他的父母只是完成了暂时的功能——把他从天上带到人间。现在对于父母的需要没有那么强烈了，他成了人类的主宰者。他明白，他不需要任何人任何事，相反，所有的人都需要他。因为他是所有人的王，而所有的人都是他的奴隶。逻辑上是非常简单的。罗兰把一杯葡萄酒喝干了。

伴着如女演员般的笑声，赤脚的姑娘几乎是飞向他，并从他的手中抢走了杯子。姑娘用栗色的左眼使了个眼色，发出字母"ю"的声音并在他耳边低声说"爱"。然后女孩把酒杯放到睡衣的左侧衣兜里，便开始融化，沿着房间流入深渊中。之后房间的一切都开始溶解：说话的安乐椅、神秘的房间和汹涌的深渊……

罗兰独自一人在街上彳亍，只有孤独的灯笼和他打着招呼，在他的面前低头鞠躬。北京的冬夜，寒风凛冽，丝丝冷意包绕着他。这使他烦恼,却也无损于他的欢乐。回家路上他走得很快。进到家中,他脱掉外套,躺在床上准备入睡。伴着满意的感觉罗兰闭上了眼睛,低声地仿佛向全世界说:"你们是奴隶,我们是一个国家!"

罗兰一直睡到早晨六点。如果不是电话铃声将他吵醒,他会继续睡觉。电话是老师从教研室打来的,要他马上去学院。

罗兰来到学院,跑上二楼。教研室一个年轻的女老师邀请他赶紧去演讲厅。学术研究人员坐在演讲厅的第一排,他们像往常一样穿着工作服,穿灰色衬衫、教授西方哲学史的教研室主任打破了屋内的宁静。主任给人一种感觉,似乎他整晚都玩得很开心,是直接从某个庆典来到这里一般。他的领带向左倾斜,唇缝中露出两颗虎牙。罗兰努力在脸上挤出一丝微笑。主任递给他一封电报,他只读到一句话:"罗兰,坐最早一班飞机回家。你父亲去世了。"

有如晴天霹雳！罗兰用手捂住耳朵，闭上了眼睛。后来，他似乎听到安乐椅上那个人发出一阵疯狂而可怕的笑声，那个人是一个 33 岁的男人，他有一条向左侧倾斜的黑色领带，红色醉酒的眼睛，血液从他的两颗虎牙上滴落下来……

1994 年 11 月　于北京

［编者注］："左"与"右"，不同文化中有不同的传统和解读。

哈萨克族人在观念上承续伊斯兰文化观念，尚右忌左。具有尊贵的事物以右开始，除此之外的事物，以左开始。用右手取食，或向别人传递食物。在伊斯兰文明中，左手偏重操作不洁的活动，而右手多用于饮食、书写文字和亲切握手等干净和卫生的东西。

基督教对"左"与"右"的态度也是褒右贬左。

在中国，汉语中涉及"左""右"的词语，排列顺序上左在前而右在后。如：左膀右臂、左顾右盼、左右开弓、男左女右等。但汉语中的左、右，在不同语境和时代背景下有不同的解读。左也表示偏、邪、不正常的意思，如，"左道旁门"，右则有表示"上"

的意思,如"无出其右"。中国历朝历代,左右尊卑各不相同,夏、商、周、晋:文官尊左,武将尊右;秦、唐、宋、明:尊左;汉、元、清:尊右。在不同事件中,左右尊卑也有不同,老子《道德经》第三十一章说:"吉事尚左,凶事尚右。"

декабрь

—

СНЕГ

Ты ушла из этой жизни,

но не ушла из моего сердца…

Снег... Если бы не было тебя, наверно людям бы чего-нибудь не хватало. Они бы точно знали, что им чего-то не хватает. Но природа распорядилась как надо. Она дала нам снег. Дала его, чтобы дети лепили снежную бабу, чтобы художники писали картины, дала его потому, что так было нужно. Не было бы его, разве произошел бы тот случай...

Снежные хлопья падали на белое покрывало земли. Я возвращался из библиотеки. Было около восьми вечера. Я приближался к остановке, где стояла ты одна. Я подошел и встал неподалеку от тебя. Было очень тихо и скучно. Первым заговорил я. Я спросил время, хотя у меня и были часы. Просто мне захотелось с тобой заговорить. Ты мне ответила и... улыбнулась.

Мы разговорились, говорили о снеге... Да, мы стали говорить о снеге... Ты сказала тогда, что зима – это твое самое любимое время года. Так мы с тобой познакомились. Каким прекрасным казался тогда мне тот снег. Он был холодным, но полюбил я его горячей любовью. Потому что полюбил...

* * *

Теперь я стою перед твоей палатой, где ты еле дышишь. Врачи говорят, что ты не выживешь. Я ненавижу этот снег, который идет за окном. Ведь если бы не он, разве эта машина могла бы сбить тебя и сделать меня таким несчастным. Я чувствую, что теряю тебя навсегда. Проклятый гололед! Проклятый снег! Проклятая машина! Проклятая жизнь!

Снег... Он нас свел, он нас и разлучил. Я тебя любил, а теперь ненавижу. Я сижу совсем один и смотрю из окна своего дома. Как холодно. На землю падают белые хлопья снега, точно такие же, как тогда...

Милая! Помнишь ли ты меня еще? Как тяжело смотреть на этот белый цвет – цвет смерти в моей жизни. Я стал носить черные очки и одеваться во все черное. Это – мой протест против твоего ухода. Ты ушла из этой жизни, но не ушла из моего сердца. Белый снег стал меня слепить. Я стал чаще выходить на улицу вечером или ночью на ту самую остановку, где впервые увидел тебя. Я еще надеюсь встретить тебя там. Но тебя все нет и нет, а снег все идет и идет. Но зачем мне он, когда нет тебя...

* * *

Сегодня вечером, около 8-ми часов, на нашей с

тобой остановке я увидел девушку, одетую точь-в-точь одетую как ты... Такая же черная коса, как у тебя, лежала на ее плече... Я подбежал к ней, она в испуге повернулась ко мне лицом и ... я ошибся. Это была не ты. Моя надежда опять превратилась в ничто. Я извинился перед девушкой и продолжал стоять один. Было очень поздно, и на улице уже никого не было. Было холодно, и белые хлопья продолжали падать на сырой асфальт. Я стоял на нашей с тобой остановке. Но я ждал отнюдь не трамвай. Я ждал тебя. И я все еще жду тебя там...

Тусклый свет фонарей освещал танец снежинок, плавно падающих на трамвайные рельсы. В моей памяти всплыло одно воспоминание из детства, когда мы гурьбой выбегали во двор, чтобы слепить снеговика. Кто-то кидает мне в спину снежок. Я оборачиваюсь и вижу девочку – это ты в детстве. Тот снег дарит нам радость, тот снег дарит нам надежду…

Декабрь 1993 года

графика Армана Баймуратова

插画：阿尔曼·拜穆拉托夫

十二月 · 雪

你这一世的生命
虽已在尘间结束,
但在我心中,
却从未稍离

雪呀，如果这世上没有你，或许人们会怅然若失。是的，他们肯定会觉得若有所失。但大自然自有其规律。她将雪赐予我们，让孩子们堆雪人，让艺术家绘画；她将雪赐予我们，为了让一切应有之物出现。如果没有雪，也许我生命中的那一次经历也不会出现吧……

那天大雪飞扬，地上白雪茫茫。当时是晚上八点左右，我离开图书馆回家。我走近公交车站，看到你一个人站在那儿等车。我悄悄走近你，在离你不远的地方停下。当下气氛寂寥，我率先打破沉默，试探着问你时间。实际上我自己有手表，只是想和你搭讪。你告知我时间……并展颜一笑。

我们开始谈天说地,谈到了雪……是的,我们开始谈论雪。记得当时你说,冬天是你最喜欢的季节。就这样我与你相识。对我来说,那时候的雪看起来是多么美啊!雪本是那么冰冷,但我却因为炽热的爱爱上了它。这一切皆因我恋爱了……

* * *

而此刻,我站在病房前,看着你在里面艰难地呼吸。医生说,你活不下来了。现在的我好憎恨窗外的雪,如果不是她,车子就不会撞倒你,我也就不会如此不幸。我意识到,要永远地失去你了。该死的冰!该死的雪!该死的车!可恶的命运啊!

雪啊,你让我们相遇,可是又无情地将我们分离。雪呀,我曾经爱过你,现在却好恨你。我孤零零独自一人坐在家中,茫然望着窗外。真是好冷啊!地上又覆满了洁白的雪花,像我们相遇那天的雪花一样……

亲爱的！你还记得我吗？看这样洁白的颜色，对我来说是那么沉重。这是我生命中的死亡之色。此后，我开始戴墨镜，全身都穿黑色。这是我对你离去的反抗。你这一世的生命，虽已在尘间结束，但在我心中，你却从未稍离。白茫茫的雪开始使我眩目。我常常情不自禁地在傍晚和深夜来到我们初遇的车站，期盼着能与你重逢。雪花漫天飞舞，却没有你的倩影。此时没有了你，雪于我还有什么意义……

* * *

今天晚上八点左右，在我们相遇的车站，我看到了一个姑娘，穿着和那时的你一模一样……也像你一样，乌黑的发辫垂在肩上……我跑向她，而她惊恐地转头看向我……我错了。她不是你！我的希望再次落空。我向姑娘道歉，之后，一个人呆立原地。夜晚的街道清冷空寂，白色的雪花持续飘落在灰色的沥青路上。我站在我们相遇的车站，但并非在等电车，而是在等你啊，亲爱的。我会在那里等你，一直等你……

街灯朦胧的微光下，雪花轻舞飞扬，散落在电车轨道上。眼前这一幕，让我想起了一段童年往事，那时我们一伙人冲进院子，争着抢着要糊上雪人的眼睛。突然，背后有人在朝我扔雪球，我下意识地转身，看到一个小女孩——这是童年的你啊。记忆中，那场雪赐予我们欢乐，赐予我们希望……

1993 年 12 月

编者的话

在这蒙尘之世，他们有心

简以宁

1

两位作者，一个是国际组织负责人，另一个是哈萨克斯坦驻埃及特命全权大使，国事民情，军政经文，在在殚诚毕虑。在各类虚实大事中忙碌不堪的两位政治家，为什么会联名出版一本30年前写作的文学作品？

好奇心被成功地调动起来。

反复阅读，并与精通中文的作者反复沟通以更好地体察文中深意。盘桓久之，作者笔下的人物事，渐渐凝聚成一股力，打通理解的隧道，一一变得鲜活而可触摸。

2

这本书，既是现实的，也是魔幻的；既是物质的，亦是精神的；既写现象，更是寓言。作者说。

闻此言，欣欣然，好奇。寓言十九，藉外论之；魔幻无界，精神无疆。

这会是怎样的独特之书？

给你听几首歌，看几幅画。说。

一首歌是哈萨克语的，一首是俄语的，一首是英语的。

几幅画是彩色的，颜色极丰富浓烈，另几幅则是黑白的，碳笔描画而成。

音乐和绘画，我都是门外汉。可即使不懂音律，不晓画技，但当乐音响起，伫立画前，整个人却会从现实的情境里腾身而出，去到一个心空神清的世界。

相信许多人都曾有过这样的体会，在听到一段美妙音乐时，无论当时的情绪如何，神思都会不自觉地跟随音乐的韵律，于悠远清逸中回忆过去，在云雾斑斓中冥思未来，如梦似幻，亦醒亦狂。

"音乐是精神生活与肉身生活间的媒介。"

阅读文学作品与欣赏绘画艺术，所激发的人的情感体验，与音乐异曲同工，多有类似。而本书作者，集音乐文学绘画……于一身。两位作者是哈萨克国立大学东方系的同学，大学时，他们与另两位同学一起组建了一个"杜曼"乐队，这个乐队名在哈萨克语里，意为"欢乐的聚会"。乐队成员们非常喜欢英国的披头士乐队以及哈萨克斯坦的"Dos Mukasan"乐队（被称为哈萨克斯坦的披头士乐队），并从他们的作品中汲取灵感。

欣赏着作者精心绘制的插画，听着他们自创自唱的歌，阅读他们真诚深挚的文字……我们有幸看到作者除了外交官工作以外的另一面。工作，使人们务实关联，而文学和艺术，则使人们跨越语言障碍，越过因信仰、民族及国家的不同而形成的自然鸿沟，成为灵魂境域里深识的朋友。

3

在读者们开始阅读本书之前，分发给大家一个重要的解码钥匙，即，这些文字，是作者在20世纪90年代初写的，这时候的哈萨克斯坦刚刚独立，新的历史刚刚开启，他们胸中奔腾着千军万马，既对国家和个人的未来怀着巨大期待，充满狂热的想象和激情，亦对国将何往充满不确定感，对个人的未来命运如何，更是惶恐和忐忑不安。有几篇小说如《门》《猫头鹰》《阿吉布提》等，表现得尤为明显。

透过整体的故事框架，以及叙事的发展，可以感受到作者对人生的思考，有质疑、批判，更有期待、怀念、激情和梦想。

因有多篇是寓言体小说，普通读者不一定能在第一时间抓住个中要义，故在编排本书时，与作者商议，给每篇文章提炼一个简要的主题，或从文中概括，或引用他者名言，视情况而定，如此，既使作者重温作品，以做进一步修订，同时也引导启发读者的联想和进入。

一二三月的三篇《假如》《水晶球》《小刺猬》不能算作完全的小说，或谓书信体微小说吧，没有人物塑造，也没有故事情节，是一种倾诉，一种陈述，细述对人生对世界的体会和认知，于全书的作用，可喻为一年之始，也可喻为开启思想的种子。

《太阳和月亮》以及《法鲁赫》，让我想起佩索阿在《惶然录》里谈到的："我俯瞰自己以往的生活，如同它是一片平原向太阳延伸而去，如同它是一些浮云将其隔断。"

《阿斯卡尔》：青春是多彩的，既有天高云淡，也有狂风骤雨；既有烈日炎炎，亦有月凉如水。爱、怨、错、痛，都是青春的味道。然青春终将逝去，那些曼妙的、疼痛的、甜蜜的或酸涩的时光，却深深刻进生命的痕迹里，令人惆怅，永不磨灭。

《永恒的山莓地》：三十多年前，两个大学同学因为热爱音乐而建立了心灵默契，并组建了校园乐队——"DUMAN"乐队，任吉他手兼主唱。只有历经岁月的无情淘洗，被俗世的风尘和巨浪击打过的人，才能深刻理解和体会《永恒的山莓地》里所表达的对一无伪饰的纯挚情感的无限怀念。以天为幕，以地为席，抛却一切外界的枷锁，在荒远之地，遇见天真的儿童、几与外界隔绝的质朴的山莓地园主，与音乐和山莓为伴，挖土豆，捉池鱼，燃熊熊篝火，看星星闪耀……那些美好的回忆，足以抵挡世俗的漫天尘埃，成为活着最底部的精神支撑。世事如烟，惟有这样纯粹而丰沛的友谊，闪耀着钻石般的光芒，永不消逝。

《猫头鹰》：读《猫头鹰》这篇，让人想起卡夫卡的小说《变形记》。同为人的异化变形且最终结局均是死亡，二者却有很大不同。格里高尔变成大甲虫后，面对自身和他者的内观和外观，凸显现实社会的重压和残酷，最后的死亡凄凉灰暗。而《猫头鹰》里的伊丽莎白生前也是孤独而忧郁的，渴望爱渴望亲情却从未获得，母亲已逝，父亲只顾酗酒连她的生日都不记得，"她想飞上天空，然后再像块石头一样从天上坠下来……"但《猫头鹰》作者显然不想让死亡成为伊丽莎白的终点。她变成了猫头鹰，"终于可以飞到天上，从高处欣赏大地上的美景了。"故事本身就包含了这样一个命题：美丽会拯救世界，但谁会拯救美丽？！而高飞，也令她有了更广的视野，发现了美景危在旦夕，"老鼠在鲜花盛开的草场上四处便溺，把美景变成粪坑；……此时此刻，让这片土地从肮脏和污秽中解脱出来成了伊丽莎白新的使命和目标"……这里的伊丽莎白化身猫头鹰（哈萨克斯坦人认为猫头鹰是益鸟，象征坚强、勇敢、一往无前的精神），更像一种甘愿的牺牲，虽有点儿不惜代价的意思（怪异房客为使她成为猫头鹰，采取了非常手段）。正是这种不顾一切，更让人产生悲壮之感。

与《变形记》里格里高尔的人生境遇类似的一点是，伊丽莎白生前死后都被人们漠视，即使变成猫头鹰为森林除害保护这片美好环境，此村的人们却毫不知情，且"恨死了这栋房子，他们一面恶狠狠地诅咒这里，一面小心翼翼地绕道走。"作者只作客观叙述，并不对村民的言行作任何道德评价价值判断，但读到此，读者心中想必早已五味杂陈。

《你好》这篇微小说。有好几个读了这篇小说的人说，看不懂。 确实，如若你是单独阅读这样一篇短小说，固然会觉得不知所云，但若你了解了作者的职业背景以及读了以上他们的其他作品后，会发现，有一种精神愿景一直贯穿其中：他们希望这个地球上的所有地方和所有人,无论在亚非欧美,无论是黑人白人还是黄种人,都能遇见萨勒姆("你好"之意)。这个世界和平友好,人们如愿生活,是他们最虔诚的祈祷。

《门》《阿吉布提》:这两篇小说,让人想到浮士德。饱学智者浮士德与魔鬼签订城下之盟,但,即使是为追求理想倒地而死,也决不愿将灵魂交给魔鬼,听魔鬼的使唤。永在追求真理、知识、爱与美的路上,永不停歇,永不满足。《门》以及《阿吉布提》里的罗兰、阿吉布提,同样面临魔鬼的诱惑或想象的恐惧,他们会如何面对,有怎样的命运,并留给人们怎样的警示?

尤其《门》,以几个微小的细节便将两个国家不同民族之间的文化差异展现得淋漓尽致。他们之间生活习俗以及文化与历史的渊源和掌故不同,会造成彼此之间理解的差异,因而产生巨大的误会,引发种种幻想。作者不动声色,冷静地平铺直叙情节的发展,直视鸿沟的产生。只有深刻了解两国文化的不同背景,才会读出作者内心的恐慌和悲怆,以及对不同文明之间需要对话、需要交流的殷切期盼。

特别要多谈几句《门》。文明的差异,造成理解的错误(错觉),从而引起恐慌、误解、判断失误等,一系列连锁反应。作者在文中只是客观叙述事件发生发展的过程，理解和解读的任务，则留给了读者自己。这是非常高明的写作手法。作者本身是政治家，做结论对他们来说，是工作常态，因为做决策是其工作基本职责。但作为文学家，小说家，要做的却相反——重要的是启迪，将事情的发生发展呈现出来，让读者自己学会分析、理解和判断。

《阿吉布提》这篇寓言小说，其对于整个世界局势的担忧，对于人心人性的深刻剖析，使之具有非同一般的品质，可说不逊色于任何经典寓言小说。

最后谈谈《雪》：幸福是什么？人为什么会忧伤？怎样在无望的忧伤中脱身，或者，怎样与忧伤共处，不伤害自己的人生，不伤害他者和这个世界，从而达成一种心灵意义上的万物均衡？《雪》这篇小说很短，却含蓄精炼，几乎触及了以上全部问题，并以自己的方式寻得个解。

4

要在这里特别提到几个人。

一是沙赫拉特·努雷舍夫和哈比特·柯侬舍巴耶夫，作为先后两任哈萨克斯坦驻华大使，他们在日理万机之余腾出时间为本书做细致的审校工作，使得图书的品质更上层楼。十分感动，挚诚感谢。

二是本书的封面装帧设计师冷暖儿和排版员魏丹。两位姑娘，蕙质兰心，极度敬业的同时极富创意。大家曾经为字体字号行间距字间距、封面图案和颜色等讨论多次，各持己见几乎红脸争吵有之，亦有达成共识后的欢呼雀跃……如今出来的样子，很具特色，与书的内容一样，充满暗寓，清雅而浓郁，简略而繁富，正与其内文既极简又含蕴丰富完美相匹。

三是小说插图画家阿尔曼·拜穆拉托夫。他以出色的技巧，传达出故事的情绪甚至意义。这不是一件容易的事，但艺术家做得很好。

另外还有一个人，叶尔波力。2003年，"杜曼"乐队成员之一乌兰·纳比耶夫在阿斯塔纳市发生车祸不幸去世。所以作者将本书题献给在天堂的那位朋友，并邀请中国知名的哈萨克族青年歌手叶尔波力重新翻唱乌兰创作的歌以作纪念。叶尔波力欣然应允，并重新配器，以他独到的歌喉再现了乌兰·纳比耶夫音乐的神韵。

也许，每个人的灵魂深处，都萦绕着一首歌。只不过，有的人终其一生，未曾觅得属于自己那首歌的旋律，而幸运属于那些有心的人们。在这蒙尘之世，他们有心，就能看到晨雾中山莓果上的露珠，听到永远的歌者为雨而歌——幸运的人们,他们享有,他们创造,他们将流动的血液当作除尘之器,他们用思想之光照亮未来的路。

美、友谊和爱情——终将陪伴他们,召唤他们,引领他们穿越一切皆空的虚无,走向永恒。

Слово от редактора

В этом бренном мире у них есть стремление: если даже не преодолеть одиночество, то хотя бы чуть-чуть развеять печаль.

Цзянь Инин

1

Два автора, один является заместителем руководителя в международной организации, другой - чрезвычайным и полномочным послом Казахстана в одной из арабских стран. Оба на дипломатической службе и в гуще международных событий. Любопытно узнать, почему именно сегодня они решили «вывести в свет» плод их творческой коллаборации – сборник рассказов, написанных три десятилетия назад?

Внимательное чтение книги и непосредственное общение с одним из авторов, который, кстати, хорошо владеет китайским языком, помогли лучше понять глубокий смысл, заложенный в рассказах, вошедших в этот сборник. Персонажи, события и вещи, описанные авторами, постепенно раскрываясь, становились для меня всё ярче, понятнее и осязаемей.

2

Автор показал мне рукописные тексты, сделанные им в молодости, где через реальные события и вымышленные истории он передает свои размышления о ценностях материальных и духовных. Сюжеты, описанные в них, были насыщены магией фантазии, не ограниченной ни временем, ни местом, что конечно же вызвало мой неподдельный интерес.

Он дал мне послушать несколько своих песен, а также показал несколько иллюстраций к своим рассказам. Некоторые рисунки были разноцветные, другие же выполнены в черно-белых тонах.

Читая эту рукопись, украшенную иллюстрациями,

а также слушая их собственные песни, я обнаружила другое качество авторов, погруженных не только в дела, но и в искусство, которое не знает границ и превращает людей в хороших знакомых и друзей.

Надо признать, что у меня нет ни музыкального, ни художественного образования, но разве оно нужно, чтобы насладиться музыкой или созерцанием картин?! Музыка и живопись могут в мгновение перенести человека из реальности в мир фантазий, не так ли?!

Литература, живопись и музыка тесно связаны с эмоциональными переживаниями людей. Уверена, что многие испытывали подобные чувства, когда замечательная мелодия, настраивая на свою волну, как во сне, уносила слушателя на своих невидимых крыльях в мир воспоминаний или мечтаний. Ибо музыка - это медиум между духовным и физическим состоянием человека.

Авторы являются выпускниками факультета востоковедения Казахского национального университета имени Аль-Фараби в г.Алматы. В студенческие годы они с двумя другими друзьями создали музыкальный квартет «DUMAN» (на казахском означает «радостная вечеринка»). Участники группы черпали вдохновения для своих песен из творчества любимых ими британской группы «Beatles», казахстанского ансамбля «Dos-Mukasan» и других прогрессивных музыкальных команд того времени.

В своей книге авторы сумели объединить музыку, литературу и иллюстрацию.

Получилась ли книга интересной, судить, конечно же, читателю.

3

Прежде чем начать читать эту книгу, думаю будет полезным ознакомиться с контекстом того времени и предысторией её создания. Тексты, вошедшие в этот сборник, были написаны авторами в начале 1990-х годов, на заре независимости Казахстана. Сознание казахстанской молодежи в тот поворотный в истории её страны период было преисполнено большими надеждами на перемены к лучшему в жизни соотечественников. Горячие ожидания и смутные представления о будущем страны, смешивались с переживаниями и беспокойством о дальнейшей судьбе людей. Эти настроения очень ярко прослеживаются в таких рассказах, как «Подъезд», «Сова» и «Роковая лампа Аджи Бути».

Погружаясь в сюжеты, читатель может понять отношение авторов к жизни и смерти, мечтам и надеждам, страстям и переживаниям, ностальгии и т.п.

Во время работы над этой книгой было решено к каждому рассказу в зависимости от содержания дать эпиграф, которым служил отрывок из самого текста или известная цитата из других произведений, чтобы направить внимание читателя на главную мысль и вдохновить его на дальнейшее погружение в сам рассказ.

Открывают сборник три новеллы «Бы», «Хрустальный шар», «Ёжик», сочиненные в различных жанрах (открытое письмо, монолог, рассказ) в январе, феврале и марте в разные годы начала 1990-х. В них нет сюжетной линии, но они подробно описывают чувства, пережитый опыт, уникальную историю, индивидуальное познание жизни и мира своих героев.

«Фарух», «Солнце и Луна», напоминают мне слова Фернандо Пессоа из «Книги непокоя»: «Я упускаю из виду свою прошлую жизнь, как будто это была равнина, простирающаяся под солнцем, как будто это были какие-то плавающие облака, разделяющие ее».

«Аскар»: молодость красочна и переменчива, как природа, там и облака в чистом небе, и сильный ветер с проливным дождем в мае; там и палящее солнце, и прохладная, как вода, луна. Любовь, обида, ошибка и боль - это всё вкус молодости. Однако молодость в конечном итоге умрет. Эти изящные, горькие, сладкие и терпкие дни оставляют неизгладимое послевкусие и глубокие следы в жизни человека, оседая грустью и превращаясь в ностальгию.

«Raspberry Fields Forever»: более 30 лет назад любовь к музыке двух университетских сокурсников привела к созданию группы «DUMAN». Только пережившие лихие 1990-е годы, период перемен, смогут понять и испытать всю полноту чувств, выраженных в рассказе «Малиновые поля навсегда». Освободившись от городских оков, два друга в июле оказались в малиновой долине, где встретили деревенских детей и местного фермера. В пригородном поле они нашли мир музыки и малины. Там они пекли картофель и жарили рыбу на открытом костре, там звездное небо стало для них шатром, а земля – ковром... Эти прекрасные воспоминания стали их прочной духовной опорой в жизни. Да, мир похож на дым, но такая чистая и прочная дружба, как бриллиант, светится разноцветными лучами в серой обыденности.

«Сова»: напоминает рассказ Франца Кафки «Превращение», где отчуждение одного человека, деформируясь, в конечном итоге приводит к одинокой смерти. После того, как Грегор превратился в страшное насекомое, его собственное внутреннее мировоззрение столкнулось с внешним миром других людей, в котором царит гнёт и жестокость. В итоге он в полном мраке одиночества встречает смерть. Героиня в рассказе «Сова» Элизабет также была одинокой девушкой с меланхоличной душой, напоминавшей сентябрь. В своей жизни она так и не смогла познать семейного уюта и любви. Её мать умерла, отец сильно пил и даже не помнил день её рожденья. Она хочет взлететь в небо, а затем камнем разбиться оземь, но автор не желает такого конца для Элизабет. Он превращает её в сову. Наконец-то «она могла подняться в небо и любоваться сверху красотой земли». В самом рассказе как бы кроется вопрос о том, что красота спасёт мир, но кто спасёт красоту?! Высокий полет, раскрывая перед Элизабет более широкий обзор прекрасного пейзажа, оказавшегося под натиском нападений полчища грызунов. «Стаи крыс и мышей портили эту красоту, превращая цветочные луга в выгребные ямы... В этот момент новой миссией для Элизабет стали спасение хрупкой красоты и восстановление баланса в лесу, а целью в жизни – очищение земли от этой мерзости и грязи»... Элизабет без сожаления порывает с прошлым и перевоплощается в сову.

Подобно жизни Грегора в «Превращении», окружение игнорировало Элизабет в «Сове» даже после её смерти. После того как она стала птицей, чтобы защитить красоту леса, жители деревни не поняли этого и «прокляли гостиницу и обходили её стороной». Автор выступает в роли стороннего повествователя, не делает никакой оценки словам и поступкам людей, даёт свободу читателю самостоятельно сделать собственный вывод из прочитанного.

«Салем» – это мини-фантастика. Некоторые, прочитавшие этот рассказ, задались вопросом: о чём он? Признаться, если читать это произведение отдельно от контента данного сборника, то понять смысл и ощутить его настроение фактически невозможно. Но зная предысторию и обстоятельства сочинения рассказов, вошедших в данный сборник, вы обнаружите, что его мотив перекликается с остальными рассказами. «Салем» («приветствие» у казахов) пронизан духом авангардизма, представшим в виде странного героя. Это не что иное, как стремление автора вырваться на свободу без каких-либо мыслимых границ и ограничений. Красота безгранична и переливается разными цветами радуги в этом прекрасном мире, даже в середине осени (октябре), а главное – тот мир свободен от расовых предрассудков и принимает всех, невзирая на то, откуда ты: из Африки, Европы или Азии. Каждый свободный человек может встретить своего Салема в мире, где царит спокойная жизнь и мирное небо над головой.

«Подъезд» и «Роковая лампа Аджи Бути»: Эти два рассказа напоминают сюжет о докторе Фаусте. Несмотря на то, что мудрый Фауст подписал контракт с Мефистофелем с целью достижения Истины, он не собирался продавать свою душу дьяволу и прислушиваться к его наущениям. Он с неутолимой жаждой всегда находится в безустанных поисках истины, знания, любви и красоты. Ролан в рассказе «Подъезд» и Аджи Бути в одноименном рассказе также сталкиваются с искушением дьявола. Как они противостоят этому, как сложится их судьба и какой месседж они хотят оставить читателям?

В «Подъезде» с помощью нескольких метких штрихов ярко описаны различия между представителями двух культур. Исторические и культурные различия, отражаясь в их укладе жизни, в конечном итоге приводят к различным мироощущениям, большим недоразумениям и причудливым фантасмагориям. Автор спокойно и беспристрастно развивает сюжетную линию, наблюдая за углублением разногласий двух культур. Настроение рассказа раскрывает причину страха и грусти, овладевших сердцем автора во время глубокой осени (ноябре). Столкнувшись с чуждой ему традицией, он призывает к межцивилизационному диалогу.

В «Подъезде» описаны различия цивилизаций, приведшие к ошибочному представлению, недопониманию, страху, неправильному суждению друг о друге. Автор, объективно описывая событие, оставляет свободу суждения и осмысления идеи рассказа самому читателю, что, кстати, выглядит, как удачный прием. Сегодня деятельность самих авторов связана с анализом информации в области международной политики. В качестве писателей они также предоставляют читателям возможность учиться самостоятельному анализу, пониманию и суждению.

«Аджи Бути» выделяется на фоне остальных рассказов тем, что затрагивает извечную тему борьбы добра и зла, нравственные вопросы жизни, а также проводит анализ человеческого характера и его натуры. Более того, иносказательность, философский подтекст и наличие нескольких уровней смысла позволяют рассматривать этот рассказ в качестве классической притчи.

Финальным произведением сборника является рассказ «Снег», написанный в декабре. Что такое счастье? Почему люди грустят? Как выбраться из депрессии, как жить с грустью не причиняя вреда себе и другим, чтобы достичь духовной гармонии? «Снег» очень короткий рассказ, лаконично резюмирующий мысли авторов через повествования о вышеперечисленных проблемах и личной трагедии человека, находящегося в поиске выхода из трудной ситуации.

4

В завершение хотелось бы поблагодарить несколько человек, сыгравших важную роль в реализации идеи о создании этого сборника рассказов.

Во-первых, это близкие друзья авторов Шахрат Нурышев и Габит Койшибаев (оба послы Казахстана в Китае в разные годы), оказавшие неизменную поддержку и выступившие корректорами в процессе работы над данной книгой.

Во-вторых, это Лэн Нуар, разработавшая дизайн обложки книги и Вэй Дань, отвечавшая за верстку. Обе прекрасные девушки, чрезвычайно преданные своему делу с креативным подходом. В результате неоднократных обсуждений по оформлению, доходивших порой до жарких споров, на радость всем в результате получилась книга с собственным лицом и индивидуальным характером. Как и сам текст, оформление книги выглядит просто и в то же время изысканно, идеально сочетая в себе стиль минимализма с интересным дизайном.

В-третьих, это Арман Баймуратов – автор

иллюстраций к некоторым рассказам сборника, благодаря своему мастерству сумевший передать настроение и даже смысл некоторых рассказов. Это, признаться, было нелегкой задачей, но с которой художник прекрасно справился.

И, наконец, отдельно хотела бы отметить имя друга, соратника авторов книги, участника группы «DUMAN» и автора ряда её песен – Улана Набиева, трагически погибшего в автокатастрофе в 2003 году и светлой памяти которого авторы посвятили эту книгу.

В глубине души каждого человека есть песня. На протяжении всей жизни люди ищут свою мелодию, но удача в этом поиске улыбнется только тем, кто слышит сердцем. Только люди с открытой душой могут увидеть капли росы на листе малины, услышать в утреннем тумане как вечно молодые битлы поют под дождем. Они счастливы, свободны и креативны. Горячая кровь в их жилах движет мир, а их светлые мысли освещают путь в будущее.

Красота, дружба и любовь – вот неизменные спутники на их долгом и извилистом пути, которые, в конце концов, проведут их через всю вселенную до мира вечности.

图书在版编目（CIP）数据

永恒的山莓地：汉俄对照 /（哈）罗光明,（哈）阿尔曼·伊萨嘎利耶夫著. —— 北京：新星出版社，2023.10
ISBN 978-7-5133-5331-1

Ⅰ.①永… Ⅱ.①罗…②阿… Ⅲ.①短篇小说－小说集－哈萨克斯坦－现代－汉、俄 Ⅳ.①I361.45

中国国家版本馆CIP数据核字(2023)第183629号

永恒的山莓地

[哈] 罗光明　　[哈] 阿尔曼·伊萨嘎利耶夫　著

特邀编辑	哈比特·柯依舍巴耶夫　沙赫拉特·努雷舍夫		
责任编辑	简以宁	**责任校对**	刘 义
责任印制	李珊珊	**装帧设计**	冷暖儿

出 版 人	马汝军
出版发行	新星出版社
	（北京市西城区车公庄大街丙3号楼8001　100044）
网　　址	www.newstarpress.com
法律顾问	北京市岳成律师事务所
印　　刷	北京天恒嘉业印刷有限公司
开　　本	770mm×1092mm　1/32
印　　张	9.75
字　　数	160千字
版　　次	2023年10月第1版　2023年10月第1次印刷
书　　号	ISBN 978-7-5133-5331-1
定　　价	69.00元

版权专有，侵权必究。如有印装错误，请与出版社联系。
总机：010-88310888　　传真：010-65270449　　销售中心：010-88310811